rowohlt
BERLIN

Claudia Tieschky

Engele

Roman

Rowohlt · Berlin

1. Auflage März 2018

Gesetzt aus der Guardi Roman
Gesamtherstellung CPI books GmbH, Leck, Germany
ISBN 978 3 7371 0033 5

Wir glauben, wenn wir jung sind,
dass jeder Zauber, der uns in die Augen kommt,
für uns gemacht ist und bei uns bleibt.

Wenn sie aus dem Fenster zu den Hinterhöfen schaut und in die Winternacht hinauf, sieht sie hoch oben den zu einem Rad geformten Neonschriftzug «Berliner Verlag», der sich langsam immer und immer dreht. Es ist Zeitungswerbung aus einer lang vergangenen Zeit, und sie denkt vage an Geschichten über diese Stadt, die man ihr als Kind erzählt hat. Sie streift beim Blick über den Nachthimmel diese Geschichten leicht in Gedanken wie das Fell einer Katze und bleibt dann an einer anderen Erinnerung hängen, einer aus ihrer Kinderzeit. Damals, als dieses Berlin noch so weit weg für sie war und ihr so östlich vorkam wie Warschau oder Moskau.

Der Himmel ist von den Lichtern mehr hellgrau als schwarz, dick sieht er aus wie eine Schneewolke. Hinter ihr im Zimmer liegt im Dunkeln der Mann, mit dem sie gerade geschlafen hat. Sie ist aus dem Bett aufgestanden, als sein Atem hinterher tief und regelmäßig wurde, hat ihr Gesicht vorsichtig aus seiner Schulterbeuge gehoben. Eine seltsame Geschichte ist das, es hat vor einer ganzen Weile angefangen, dass sie sich treffen und miteinander schlafen, und dann hat es bis jetzt nicht aufgehört. Sie weiß nicht, was das ist zwischen ihnen, aber es gefällt ihr. Er ist älter als sie, und er führt ein Leben, dessen kompliziertes

Gleichgewicht sie nicht versteht. Die Abmachung lautet, die Dinge des anderen nicht durcheinanderzubringen. Sie treffen sich in Berlin, auf neutralem Terrain. Keiner von beiden wohnt dort. Nach und nach wird diese Stadt für sie voll von Souvenirs dieser nicht öffentlichen Liebe.

Jetzt ist es Winter geworden, und der Wind reißt ihr den Atem weg, wenn sie in die Stadt kommt. Einmal hat es gefroren, und sie sind am Hackeschen Markt ganz vorsichtig über das Blitzeis balanciert. Es sind wenig Leute auf der Straße gewesen. (Zu der Zeit ist das Viertel noch nicht diese Operettenkulisse, in der wohlhabende Kinder zwischen Markenshops Abenteuer spielen.) Sie sind weitergelaufen zur Tucholsky-Buchhandlung, die Arme ineinander verhakt und sich beim Ausrutschen stützend. Dann suchten sie Unterschlupf in einer Konditorei, so klein, dass man sich darin kaum umdrehen konnte. Wenn jemand zur Tür hereinkam, wurde der Raum vom Luftzug kalt, bis die Wärme der Backstube es wieder ausglich. Eine kleine alte Frau im Kittel verkaufte Biskuitrollen und Torten, der Kaffee war schwarz und der Kuchen sehr süß. Es roch nach all dem Gebäck, und darüber lag ein Aroma von etwas wie Geschmolzenem. Es gibt tatsächlich einen Geruch von gekochtem Zucker, denkt sie und schaut jetzt zurück in das dunkle Zimmer. Er liegt auf dem Bett und atmet gleichmäßig. Es wird nicht von Dauer sein, denkt sie, aber das macht ihr jetzt nichts.

Sie liebt den Ausdruck in seinem Gesicht, wenn sie auf ihm sitzt und seine Stimme sanft wie im Traum sagt, beweg dich nicht mehr. So als ob der Moment einfach bleiben könnte.

Am Fenster vor dem Nachthimmel sucht sie nach einer Geschichte, die sie ihm erzählen könnte. Vor drei Stunden haben sie sich hier in diesem Zimmer am frühen Abend wiedergetroffen. Er ist hinter sie getreten, hat sie in den Nacken geküsst und gesagt, du riechst gut. Jetzt ist sie entspannt, wünscht sich, ihr würde etwas Besonderes einfallen für ihn. Es ist ein Spiel zwischen ihnen. Wer kann den anderen besser mit einer Geschichte verblüffen. Wie bei Scheherezade. Der Gedanke gefällt ihr, sie findet ihn sogar passend. Solange wir Geschichten erzählen, gibt es die Zukunft nicht, über die wir nie reden. Sie hält es für ein Zeichen von Stärke, dass sie diese Liebe in der Schwebe lassen kann. Manchmal ist sie wütend auf sich und findet: ein Zeichen von Dummheit.

Sie erinnert sich plötzlich an eine Derbheit, die sie als Kind gehört hat. Die Begebenheit ist als Zote einmal in der Küche der Großmutter in R. erzählt worden, die eng war und mit Linoleum am Boden, zwischen Zwiebeln und Fleisch erzählt von Großmutter und Großtante mit diesem irren Lachen. In der winzigen Parterrewohnung der Neuen Heimat kam die Familie in den siebziger Jahren zusammen, wenn die Großmutter kochte, Klöße, Soße und Fleisch. Da saßen, auf dem niedrigen Sofa im kleinen Wohnzimmer, die erwachsenen Kinder, die selbst längst zu Wohlstand gekommen waren und stolz darauf, moderner und größer in neuen Häusern zu wohnen. Alle redeten und lachten sehr laut, brüllten manchmal beinah und tunkten dazu mit Behagen das Brot noch in den letzten Rest Soße. Im zweiten, ebenso kleinen Zimmer aßen die Enkelkinder auf einer Schlafcouch sitzend und hüpfend, für sie hatte die Großmutter in dem Raum einen alten Kaufladen aufgestellt. In der schmalen Küche beschlugen die Scheiben, und es roch nach Kartoffelmehl und dem mürben, mit Kümmel gewürzten Fleisch. Kochen und essen lagen räumlich unmittelbar zusammen, form- und umstandslos. Das gefiel ihr. Sie hatte keine Ahnung, dass die Umstandslosigkeit von der Armut kommt und das Brüllen vom wehrhaften Spotten über alle anderen.

Die Geschichte, an die sie sich jetzt erinnert, hat einen ordinären Beigeschmack, vergleichbar mit dem von starkem Schnaps. Wie gierig hatten Großmutter und Tante damals an diesem Vormittag nach dem Einkaufen in der Stadt die großen Wurstpakete aufgerissen und sich Scheiben von Kalbfleischwurst, Bierschinken oder Kochsalami in den Mund geschoben! So eine Art zu essen hat sie später nie wieder gesehen. Auch ihre Mutter war dabei, eine hübsche junge und dünne Frau, die größer war als die beiden Älteren und teurer zurechtgemacht. Die braunen Haare hatte sie apart seitlich gescheitelt, aber hätte ein Fremder sie gesehen, wäre ihm an ihrem Blick aufgefallen, wie unsicher sie war. Das Enkelkind stand zwischen den dreien, den Kopf auf Rockhöhe, aber keiner achtete auf es, was angenehm war. Seine Mutter versuchte mitzuhalten, bei der Wurst und beim Witzereißen.

Aber wie konnte man das? Wenn die beiden lachten, die Großmutter und ihre kurzhaarige Schwester, der wegen einem Krebs die Brüste abgenommen worden waren, dann schüttelte es sie so sehr, dass sie in die Knie gingen. Dass sie die Knie zusammenpressten, als müssten sie verhindern, dass sie sich vor Lachen einpissten. Die Luft blieb ihnen weg, sie konnten kaum weiterreden.

Die Jüngere von beiden war schon immer die Unverschämtere gewesen. Sie traute sich als junges Mädchen auch fort nach Berlin und wurde Krankenschwester. Die andere blieb im schlesischen Kohlerevier. Die Kecke in der Großstadt lernte in der Ausbildung, wie alle erdenklichen Haut- und Geschlechtskrankheiten aussahen, aber sie lernte auch, fünfundzwanzig Jahre vor Erfindung der Pille, wie sie mit Männern schlafen kann, ohne schwanger zu werden. Sie kann es tun, einfach so, weil sie es möchte.

Die Geschichte, die also in der Küche beim Wurstkauen erzählt wurde und die sie jetzt an diesem Winterabend in ihrer Erinnerung wiedergefunden hat, ist alles andere als anständig. Aber was war schon anständig an ihrer Großmutter? Die Geschichte ging so: Die Ärzte ihrer Berliner Jahre hatten häufig Verwendung für Präservative, die man damals schon recht preiswert kaufen konnte. Als die Schwesternschülerin einmal in Kropps Arbeitszimmer einbestellt wird, bemerkt sie eine, wie sie nicht nur aus hygienischen Gründen feststellen muss, «sagenhafte Sauerei» des Herrn Doktor Kropp, aber von der Frechheit der Sache ist sie dann doch beeindruckt: Zum Trocknen zwecks weiteren Gebrauchs hing der Gummi sauber ausgewaschen und mehr oder weniger demonstrativ am Becken über der Zahnbürste, für den Damenbesuch deutlich sichtbar; möglicherweise sogar extra dafür platziert, als Aufforderung. Wie ein Ausrufezeichen, wenn auch ein reichlich schlaff gewordenes. Natürlich begriff das Kind in der Küche gar nicht, worum es überhaupt ging.

Pfui, denkt sie jetzt, das kann sie ihm doch nicht erzählen. Als sie halblaut ins Zimmer hineinkichert, reißt Frieder, der doch nicht geschlafen hat, die Augen auf. Ihm hängt von eben selbst noch der Gummi über dem hübschen Schwanz, mit einer Blase voller Flüssigkeit vorne. Sie erzählt ihm, warum sie gelacht hat, und er sagt: Ich glaub dir kein Wort.

Es war aber so, sagt sie. Ihre Gedanken sind jetzt woanders. Irgendwo in der Nacht da draußen. Sie wird diesen Mann gehen lassen. Wie merkwürdig, ihre fast zwanghafte Vorstellung, dass sie alles gehen lassen muss, dass nichts bei ihr bleibt. Manchmal, wenn sie allein ist, übt sie das. Loslassen. Sie stellt sich etwas vor, das ihr wichtig ist, macht dann eine Faust, öffnet sie und stellt sich vor, wie alles weggleitet.

Es war aber so, sagt sie. Es war noch viel mehr.

Ruth. Ihr Name war Ruth.

Es gibt eine gewisse Kälte der Erinnerung, wenn wir geliebt haben und verloren. Man kann aber weiterleben, mit der Sehnsucht als taubgewordener Stelle.

«Ich erzähle dir ihre Geschichte», sagt sie. Sie spürt den Wunsch nach Gefühllosigkeit, nach Brutalität. Sie wird es so berichten, wie es war.

Von vorne. Fangen wir von vorne an. Sie weiß, dass da von Kindheit an der Name dieser Stadt war, wie eine Verheißung. Berlin.

Das Berlin, das sie selbst kennt, hat sie von Anfang an geliebt. Nicht wegen der Mädchen mit dem aufgetürmten Dutt auf dem Kopf, die Berge von Kinderkuchen in der Oderbergerstraße aßen und so unverletzbar ausschauten, dass es sie rührte. Auch nicht wegen der automatisch öffnenden Glastüren im Regierungsviertel, das nachts wie ein leises, ferngelenktes Raumschiff wirkte, oder wegen des kitschigen abgelebten Durcheinanders im alten West-Berlin. Das alles kam später.

Nein, sie hat es geliebt wegen der polnischen Namen, wegen des weiten Himmels, der ihr bekannt vorkam, obwohl das nicht sein konnte. Berlin nahm ihr den Hass aus den Segeln, den sie in sich hatte, weil in Süddeutschland jeder wegen ihres fremd klingenden Namens komisch schaute und alle immer aus derselben dummen Ortschaft kommen mussten, damit die Leute Ruhe gaben. Berlin war die Wiederentdeckung dessen, was sie aus Erzählungen kannte. Es gab eine östliche Welt mit großen blanken Horizonten. Sie fühlte sich nicht fremd. Es war wie Heringe essen. Es machte sie lustig.

Warum nur hat das Erinnern heute plötzlich begonnen? Bevor sie mit Frieder verabredet war, hatte sie am Nachmittag einen Fernsehproduzenten interviewt. Das Heitere war aus seinen Augen fort gewesen, als sie ihn zuletzt gesehen hatte. Jetzt fand sie es wieder und freute sich. Danach nahm sie kein Taxi, sondern sagte: «Zu Fuß ist es doch nicht weit.» Er beschrieb ihr einen Nebenweg durch Schrebergärten und Brachland, und sie war im Kleid und mit Cowboystiefeln unter ihrem Regenschirm zum Hauptbahnhof gestapft. Statt dann den Bus zu nehmen, ist sie immer weitergegangen, aufs Geratewohl zwischen Regenjackenträgern und Hundeausführern. Irgendwann bog sie, einem vagen Orientierungssinn folgend, in das Areal der Charité ein. Jeder Schritt hat dann ihr Staunen größer gemacht. Obwohl sie nie zuvor hier gewesen ist, kennt sie die Gebäude. Sie haben sich kaum verändert. Es sind sepiafarbene kleine Fotos mit gezackten Rändern, durch die sie geht. Fotos, die sie zu Hause im Schwäbischen in ein Album eingeklebt gesehen hat. In den Backstein-Nischen der Balkone sitzt Ruth an einem sanften Herbsttag mit ihren Freundinnen, aufgemotzt bis in die Haartolle über der Stirn, alle Mädchen mit Taille und Lippenstift. Es ist ihr freier Tag, und sie werden gleich ausgehen. Sie winken hinunter auf die Nachfahrin im Regen. Es ist Krieg, und sie sind noch so voller Hoffnung.

Hör zu, sagt die Erzählerin, die übrigens Lotte heißt, jetzt aus einem plötzlichen Gedanken heraus zu Frieder, Liebe ist ein großer Unsinn. Man sollte es besser lassen. Sie hört ihn im Dunkeln auf dem Bett leise und zufrieden lachen. Sie hat an Ruth gedacht, aber er versteht, dass auch sie beide gemeint sind.

Lachen ist genau die richtige Reaktion, denkt sie, man müsste einfach lachen können über die Zerstörung, gegen die man machtlos ist.

Dann erzählt sie weiter von Ruth.

Berlin also. Eines Tages steht Ruth nach einer Fahrt mit der Schlesischen Eisenbahn und dem neugekauften Koffer in der Hand hier auf der Straße. Sie ist siebzehn, und sie hat wirklich noch Zöpfe. Es gibt viele Mädchen wie sie, sie sind nicht zu übersehen, sie sind überall. Sie wollen alle das Glück finden oder wenigstens einen Kavalier. Es summt in der Stadt, so viele sind sie.

Ihr Leben hat weiter im Osten begonnen, die Stadt Beuthen gehört zum Kohlerevier an der polnischen Grenze, nicht weit von der Wallfahrt zur Schwarzen Madonna von Tschenstochau. In den Taschen der Leute stecken katholische Talismane: Kleine, aufklappbare Blechbüchsen, kaum größer als eine Briefmarke, darin liegt die Muttergottes als Bleifigur mit dem Kind auf dem Arm, die Vorderseite glatt gewetzt vom Berühren. Ruth hat es nicht mit dem Beten. Sie fängt als Schwesternschülerin im Virchow-Krankenhaus an, die Arbeit entspricht ihrem Wesen. Sie ist praktisch und bis zu einem gewissen Punkt furchtlos. Sie hätte es weit bringen können, aber vielleicht dachte sie gar nicht so.

Ruth hat noch in Beuthen eine zweijährige Ausbildung zur Kinderpflegerin gemacht; dazu gehört es, sich im Haushalt der Geschäftsleute Seibold um die Kinder zu kümmern. Die Arbeit mit den Kindern gefällt ihr, aber sie ist hier Bedienstete, und es ist doch längst eine neue Zeit angebrochen, in der man nicht mehr unter einer Herrschaft stehen muss. Außerdem ahnt sie, dass es Ärger geben wird, weil der Hausherr ihr nachstarrt. Sie will weg. Viele Leute gehen jetzt aus Oberschlesien fort nach Berlin und erzählen zu Hause von der Großstadt und dem Fortschritt, vom Tempo auf den Straßen und vielleicht von ihrem Traum, weiter nach Amerika zu gehen. Ruth will nicht nach Amerika. Sie will ihr eigenes Geld verdienen, schöne Kleider tragen. Und vor allem will sie etwas erleben. Sie hat glücklicherweise gerade einen Verehrer, der nicht besitzergreifend ist, sondern einfach nur herzensgut. Denn er hilft ihr, ein Bewerbungsschreiben an das Virchow-Krankenhaus aufzusetzen. Weil sie die Arbeit in der Kinderpflege vorweisen kann, gilt sie als qualifiziert und wird vom Fleck weg genommen.

Und dann, nur fünf Jahre später, sind da am Winterbeginn diese Augenblicke, wenn die Sonne früh mit einem roten Lodern im Westen untergeht und die Stadt wie einen Köder im Dunkeln zurücklässt. Die Bomber werden auch in dieser Nacht kommen, es ist noch nicht der große Luftkrieg von 1943, aber das Gefühl, dass es einen jederzeit treffen kann, ist schon da. Das ist die Zeit, in der diese Liebe beginnt, die so groß war und alle ins Unglück stürzen wird. Ruth behauptet, der Krieg juckt sie nicht, und verlangt umso mehr von der himmlischen Zerstreuung in den Varietés, dem Geruch von parfümiertem Puder, der leichten Aufregung vor dem Ausgehen, wenn man in die Nacht hinaustritt, dem ständigen Nachschub an Schlagern und überhaupt nicht müde werden. Für dieses Gefühl und nichts anderes hat sie das Kohlerevier verlassen, wo man müde wurde, lange bevor man alt oder der Tag zu Ende war.

Vielleicht spüren sie, dass sie jetzt in Berlin lauter vorletzte Tage erleben, aber ich frage mich, ob sie auch nur annähernd eine Vorstellung von der kommenden Zerstörung hatten. Manchmal sind junge Ärzte dabei, wenn sie ausgehen, sehr oft einfach nur Männer, die die Mädchen an dem Abend kennenlernen. Ein paar sind ihnen geblieben und zu Freunden geworden. Ruth mag es nicht, wenn Freunde verschwinden, aber genau das geschieht. Einige ziehen in den Krieg, einige verlassen Deutschland. Der Kreis zerstreut sich, manche tauchen ohne jede Nachricht plötzlich nicht mehr auf, und keiner weiß, was aus ihnen geworden ist. Wenn es gutgeht, kommt irgendwann eine Postkarte. Sehr oft kommt keine mehr.

Ruth misst Männer nur daran, ob sie gute Typen sind, was dazu führt, dass sie Bekanntschaft mit durchaus ungewöhnlichen Milieus schließt. Einmal hing sie wochenlang an einem österreichischen Ringer aus dem Zirkus, der trotz seiner enormen Kraft im Anzug fast zart wirkte, schrägstehende Augen hatte und Rainer Maria Rilke zitieren konnte. Oft kommt Ruth erst zurück, wenn die Pforte im Schwesternheim schon geschlossen ist, satt im Bauch wie ein weiblicher Baal. Dann steigt sie im Nachbarhaus die Treppen bis ganz oben hoch und nimmt den Weg über die Dachböden, die praktischerweise miteinander verbunden sind.

Gut, nicht wahr?, hört sie Ruth sagen. Es ist diese Stimme, die sie von früher kennt und die immer alles anders aussprach als die Leute im Süden. Sie lernte es nie, ihr Mund brachte das Süddeutsche nicht heraus. «Nichwaah?», sagt Ruth. «Und du hast Anton Moll vergessen, Kind! Kleiner, machtbewusster Mann mit Mundwerk wie Dauerfeuer. Die Überraschung, wenn man ihn besser kennenlernte, dass er mit so einer Feinheit schweigen konnte. Steht eines Tages in meinem Dienstzimmer, im grauen Anzug, keine Ahnung, wo er plötzlich hergekommen ist, die Haare zerzaust wie blondes Stroh, in das Sommerlicht fällt, stellt mir eine Schale Himbeeren auf den Tisch, sagt kein Wort, schaut nur leise und geht wieder.»

Du mochtest das, du mochtest die Himbeeren, denkt sie. Er schenkte dir etwas, er huldigte dir, nur darum ging es doch. Dann horcht sie ins Zimmer, ob Frieder die Stimme von Ruth auch hört, aber das tut er nicht, weshalb sie laut zu ihm sagt: «Sie mochte das Gefühl, dass sie jeden haben konnte, und sie legte es darauf an, es auszuprobieren.»

Frieder hat sich im Bett aufgesetzt und den Gummi auf den Fußboden geworfen. Er sagt nichts, aber sie merkt, dass er neugierig wird auf die Geschichte. Und auf einmal fragt sie sich, was sie da eigentlich macht. Nur weil das alles heute an der Charité plötzlich wieder da war? Berlin, der Himmel, Ruth, an die sie jahrelang nicht mehr gedacht hat. Als hätte sie die Erinnerung weggesperrt. Auch die Erinnerung an den Tag, an dem sich das Bild, das sie von Ruth hatte, mit einem Schlag für immer änderte. Aber da war Ruth schon tot.

Sie überlegt, wie kann sie Frieder das erzählen, in klaren Sätzen. Was soll sie ihm sagen? Dass Ruth sie als Kind gerettet hat vor den ständig brüllenden Eltern? Vor dem neuen Haus am Ortsrand, das jahrelang neu blieb, weil sich keiner dort einwohnte? Wie sie ihre Zuflucht war und trotzdem so furchteinflößend hart sein konnte? Wie ihr die Männer nachliefen noch mit fünfzig? Wie sie dann eine alternde Frau mit radikalem Gehabe und einem kugeligen Bauch unter dem Rock wurde und sich die Haare ganz kurz schnitt? Dass sie sich manchmal vorstellt, welches Leben Ruth geführt hätte, wenn sie Siegfried nie begegnet wäre, sondern einen ihrer reichen Verehrer geheiratet hätte und mit ihm eben doch an die amerikanische Pazifikküste gezogen wäre? Sie hätte ein ganz anderes, ein undramatisches Leben haben können, das sie mit ihrem Temperament locker für alle als Drama inszeniert hätte – als herrschsüchtige Ehefrau mit Führerschein, einer Schwäche für frühe Drinks, teure Seidenschals und Europareisen. Soll sie ihm erzählen, wie Ruth dann gestorben ist und die Enkelin ihr vollkommen nutzlos zuflüsterte, so als wäre das ein Trost oder ein Versprechen: Ich lebe für dich mit! Sie fühlt, dass sie etwas mit großer Wucht packt. Wie fürchterlich sie Ruth doch plötzlich vermisst.

Also fängt sie lieber an einem der Ränder an, die sie von der Geschichte leichter zu fassen bekommt. Sie sind jetzt ausgegangen, in ein Café gegenüber der Volkbühne mit großen Fensterscheiben in die Nacht hinaus. Vögeln macht hungrig. Sie haben sich ordentlich gewaschen, sind in die Kleider gestiegen und ein paar hundert Meter die Straße entlanggegangen. Es gibt schwäbisches Büble-Bier in dem Lokal. Schwäbisch passt, denkt sie und schaut in der Spiegelung der Fensterscheibe nach, wie ihr Lippenstift aussieht. Frieder hat unterwegs ihren Arm genommen. Er ist verliebt, das merkt sie an seinem leichten, schnellen Gang und trotz des von ihr abgewandten Blicks nach vorne. Sie sind an Leuten vorbeigelaufen und spüren noch ihre Unterleiber und die kusswunden Münder. Sie sind in aller Öffentlichkeit mit sich allein, und in diesem Moment hat sie eine fast panische Angst, dass dieses Verschworensein aufhören könnte. Sie wehrt sich auf einmal mit aller Kraft, ihn morgen wieder fortzulassen. Sie merkt, dass sie gleich heulen wird. Sie reißt sich zusammen. Als die Soljanka kommt, ist es nach ein paar Löffeln besser. Wenn sie Hunger hat, wird sie immer dünnhäutig.

Es ist so: Wenn sie von der Berliner Nacht aus ganz weit zurückgeht in ihrer Erinnerung, findet sie zuerst die großen Papierbögen in der Wohnung von Ruth und Siegfried, die ihr als Kind so unnütz vorkamen. Das Wohnzimmer der Großeltern ist fast immer überheizt, oft läuft der Fernseher. Die Lineatur auf dem Papier ist nicht so, wie sie es aus der Schule kennt, wo sie die katholischen Schwestern immer wegen ihrer Schrift tadeln. Sie kriegt es einfach nicht hin, sie ist das einzige Mädchen, das keine Eins in Schönschreiben hat. Sie krakelt, es lässt sich nicht ändern. Genauso wie es sich nicht ändern lässt, dass sie in dem großen, neuen Haus, das der Vater gebaut hat, nachts nicht schlafen kann. Dann zieht sie vor die Schlafzimmertür der Eltern, die zugesperrt ist und es auch bleibt. Das auf dem Papier ist keine Lineatur für Wörter, es ist eine Lineatur für Töne. Bei den Großeltern im Wohnzimmer ist es klein und warm, und Ruth lässt sie, das Enkelkind, seine Krakeleien auf die Notenblätter malen. Siegfried, dem das Papier eigentlich gehören muss, wird nicht mehr gefragt, Siegfried existiert nicht mehr für Ruth. Und doch, er ist da und spielt auf dem Pfeiffer-Klavier, das neben der bequemen, billigen Couch steht. Das Kind darf sich oben auf den Klavierkasten legen, die Töne vibrieren im Körper. Der längst kahlköpfige Siegfried, der nach bitteren Kräuterbonbons riecht und immer eine angebrochene Tafel weiße Schokolade mit sich trägt, wiegt den Oberkörper beim Spielen. Auf einem Stapel liegen altmodisch gebundene Notenalben. Die bollernde Wärme aus dem Kohleofen steigt nach oben, wo auf dem Klavier das Kind ist, das in diesem Zimmer keine Kälte und keinen schreienden Jähzorn des Vaters fürchten muss. Das Klavier ist ein Schiff aus Tönen, das es in Sicherheit bringt.

Der und kein Anderer. Ruth hat Siegfried ihrer Freundin Elly buchstäblich ausgespannt, obwohl das sonst nicht ihre Art war. Warum so viel Drama um einen Mann? Der und kein Anderer. Diese Gewissheit. Was für ein Wahnsinn.

Frieder schaut sie amüsiert an. Was du Wahnsinn nennst, halten die meisten Menschen für die große Liebe. Findest du das nicht etwas spröde, meine Süße? Ausgerechnet er gibt jetzt also den Verteidiger der handelsüblichen Romantik, stellt sie fest, dabei sieht sie sogar hier an den Tischen um sie herum schon wieder diese Paare, die sich nicht mehr ausstehen können, und dafür muss man nicht mal nach Berlin fahren. Und außerdem, wenn er wüsste, wie die Geschichte ausgeht! Na schön, wie er will. Angenommen, schlägt sie vor, ich hätte jetzt und heute die Gewissheit, dass ich dich will und niemanden sonst. Wie fändest du das? «Gut», sagt er, zieht das U ganz lang und den Mund mit ein wenig schwäbischem Büble-Bräu-Schaum drauf zur Schnute und legt noch eins drauf: «Der Wahnsinn.»

Siegfried kommt auch aus einer Wahnsinnsfamilie. Der Vater ist Schulrat wie schon der Großvater, und der war zudem ausgestattet mit seinem eigenen Wahnsinn, mit heilenden Händen. Man ist alles andere als abergläubisch, sondern sehr katholisch in der Gegend, aber wenn Mensch oder Vieh krank sind, ruft man ihn, und er legt die Hand auf. Alle drei Töchter der Familie heißen nach Heldinnen in Wagner-Opern. Der einzige Sohn bekommt den Namen Siegfried, und was die wundersamen Hände angeht, immerhin spielt er Klavier. Alle haben sie etwas Spitzbübisches und Heiteres, trotz der dramatischen Namen.

Aus Ruths schlesischer Kindheit gibt es nur wenige Fotos. Eines zeigt sie mit der Erstgeborenen Hilde noch ganz klein. Hilde ist ein dünnes Kind in einem Kleidchen und weißer Schürze. Auf ihrem kurzen Haar sitzt eine etwas unordentlich aufgebundene Schleife, und sie sieht aus, als wollte sie gleich auf und ab hüpfen. Ruth ist noch ein Baby und liegt auf einem Bärenfell.

Das nächste Foto von Ruth zeigt einen Teenager in BDM-Uniform mit undurchdringlichem Blick. Die Augenbrauen wie zwei Striche unter der runden Stirn, ein tiefer Seitenscheitel und Zöpfe, für die ihr Blick zu erwachsen ist.

Ihre Augen werden zeitlebens auf Schwarzweißfotos wie helle Stellen erscheinen, für das leuchtende Blau haben die Filme keine Übersetzung.

Auf dem ersten colorierten Foto ist sie dann eine vollkommen elegante Frau ohne jugendlichen Übermut. Sie sitzt vor einem Blumenstrauß auf einer Art Bank und schaut zum Fenster oder jedenfalls ins Licht, dem das Gesicht zugewandt ist. Man sieht es im Halbprofil, dieselben skeptischen Augenbrauen, die runde Stirn, die unten leicht runde Nase. Die Haare, kastanienbraun, hochgesteckt, dazu trägt sie ein dunkelgrünes Kleid bis zum Knie, im Ausschnitt eine große weiße Rüsche – ein unglaublicher Auftritt. Und dann, als Nächstes, das Verlobungsbild mit dem vierundzwanzig Jahre älteren Siegfried. Er in Uniform. Sie in einem eleganten Herrenblazer mit Einstecktuch und Nadelstreifen. Als wäre das Bild ein Witz und eigentlich Ruth der Bräutigam. Beide lächeln versonnen.

Es ist fast halb zwei, und sie sind etwas betrunken, als sie wieder in dem Zimmer mit dem zerwühlten Bett sind. Sie zieht sich ganz aus und kommt zu ihm unter die Decke, sie legt sich auf ihn und ihren Mund auf seinen. Sie atmen zusammen. Seine Hand greift sich die Haare zwischen ihren Beinen. Es bereitet ihr eine schwindelig machende Lust, sich vorzustellen, dass er sie schwängern könnte, dann wären sie für immer verbunden. Aber sie will das nicht denken. In vier Stunden muss sie zum Flughafen. Er wird mit ihr noch im Dunkeln aufstehen, zwei Pappbecher heißen Milchkaffee kaufen und sie zur S-Bahn bringen, die sie trennt. Das, was sich morgen den ganzen Tag wie Schmerz anfühlen wird, ist einfach nur fehlender Schlaf.

Dann ist sie zurück in München, fährt für lange Zeit jeden Tag in die Redaktion, ohne Frieder wiederzusehen. Wenn sie telefonieren, schaut sie von dem gläsernen Turm, in dem sie arbeitet, auf die immer nasse Stadt und die Lichtbänder der Autobahn; die Tage werden allmählich länger, der Himmel wird heller, aber der Winter ist hartnäckig, die Radwege bleiben vereist. Wenn sie nach Hause kommt, zieht sie die Turnschuhe an und dreht in der Kälte zwei Jogging-Runden ums Museum. Sie merkt an ein paar neuen kleinen Falten, dass ihr Körper allmählich älter wird. Sie weiß genau, wie Ruth in ihrem Alter nackt aussah, weil sie es als Kind gesehen hat. Sie weiß, dass ihre eigenen Brüste fast so aussehen wie ihre – und dass sie genau wie die von Ruth damals immer noch frech vorgeben, Mädchenbrüste zu sein. Beschäftigt sie sich so mit Ruth, weil sie nicht weiß, was sie von ihrer eigenen Geschichte mit Frieder halten soll?

«Aber pah, na und!» Hört sie Ruth sagen. «Nichts ist für die Ewigkeit.» Weiß ich selber, Oma, murmelt sie. Ich kann mich sehr gut erinnern: Genau die Worte hast du auch benutzt, als du mir mitteiltest, dass du bald sterben wirst, aber danke für den Hinweis. Und dann bist du einfach verschwunden.

Sie verbringt diese Tage in einer seltsam verlorenen Stimmung. Im Bioladen, wo sie nach der Arbeit einkauft, bedient immer dasselbe Mädchen an der Kasse, lange braune Haare, große Brille, Kleider wahrscheinlich von & Other Stories. Zum ersten Mal fällt Lotte auf, dass es ein ernsthaftes, kleines goldenes Kreuz um den Hals trägt. Sie kann nicht anders; auch wenn sie weiß, dass es sich nicht gehört, fragt sie: «Sind Sie fromm?» – «Nicht genug, um die Welt zu retten», antwortet das Mädchen gleichmütig.

Abends kocht sie sich Tee und legt sich auf das Sofa. Die wahre Geschichte von Ruth macht ihr Angst, weil sie so heillos ist. Das Gefühl mag sie nicht. Sie steht auf, schüttet den Biotee weg und brüht sich Kaffee auf.

Du musst frech sein, mit dem Satz hatte die Großmutter das zurückhaltende Kind fast jeden Tag genötigt. Das Kind fühlt sich überfordert, kann aber das Wort überfordert nicht formulieren. Es schaut auf diese Großmutter, diese blauäugige Naturgewalt im geraden Rock. Frech! Meinst du etwa, ich habe gewusst, wie man Hummer isst? Du musst lachen und schäkern und in der Zwischenzeit schauen, wie es die anderen machen, das ist es! Frech sein!

Die Enkelin ist noch kein Teenager damals und hat eine sehr klare Vorstellung von der ganz frisch zur Berlinerin gewordenen Ruth. Sie liebt ihre Großmutter ungestüm, mit niemandem sonst ist Lotte so verbunden. Manchmal denkt sie auf dem Nachhauseweg von der Schule, sie kann spüren, ob die Großmutter zu Besuch gekommen ist oder nicht. In ihrer Phantasie lebt die junge Ruth die ganze Zeit in einem silbrigen engen Kleid mit angesetzten Ärmeln wie ein Filmstar – ihr Filmstar! Selbstsicher und betörend ist Ruth in den Träumen der Enkelin, und die Männer liegen ihr zu Füßen. Und Berlin, ach Berlin, was für eine Stadt, von der die Großmutter dem staunenden und begierigen Kind dreißig Jahre später fast täglich erzählt, und auch ganz gewiss nicht übertreibt. («Wieso hätte ich übertreiben sollen? Nur ein bisschen vielleicht.»)

Ihre eigene Mutter, Ruths Tochter Clara, ist eher blass, angestrengt und alles andere als an Aufregung interessiert. Die einzige Erinnerung, die Lotte an eine gelöste und fröhliche Mutter besitzt, ist lange her: Lotte ist noch keine vier Jahre alt, und Clara bringt ihr das Singen bei. Jeden Vormittag, wenn der Vater im Büro ist, lernen sie bei der Hausarbeit ein neues Kinderlied. «Ein Vogel wollte Hochzeit machen», «Winter ade» oder «Auf der Mauer, auf der Lauer sitzt die kleine Wanze». Clara trägt Lippenstift, und manchmal bindet sie ihnen beiden dieselben Kopftücher um. Sie hüpfen durch das kleine Haus und singen. Später ist Clara nur noch selten zurechtgemacht, sondern immer unfrisiert in Arbeitskleidern beim Haushalt und Essenmachen. Sie braucht für alles viel zu viel Zeit und ist ständig in Verzug. Lotte findet, so wie Clara will sie später nicht leben.

Dagegen Berlin – was für ein Rausch! Es gibt einfach nichts Vergleichbares, denkt das Kind und hört Ruth hingerissen zu. Niemals Langeweile! Tanzcafés und Partys, elegante Damen, und die Männer, die richtigen Männer, sind Abenteurer, vielleicht auch Gauner. Sie haben Geld, woher, ist egal, und lassen sich mit amerikanischen Spitznamen rufen. In ihren flotten Karren sehen sie aus wie Chicago-Gangster, kein bisschen pomadig. Dabei haben sie am Tag auch eine Ehefrau und ein bürgerliches Leben. Wenn die glitzernden Lichter der Stadt angehen, sind sie unterwegs, ihr Charme wird dann ganz weltläufig. Es gibt auch Tanztees in ihren Villen mit Garten, aber um da reinzukommen, muss ein Mädchen schon sehr gute Verbindungen haben oder eben sehr frech sein. Aber Ruth ist in diesen Erzählungen für die Enkelin eben einfach umwerfend. («Was soll das denn heißen? Ich war wirklich umwerfend!»)

Die Männer, soweit wird ihr das sogar in ihrer Teenagerwelt klar, das müssen in dieser Zeit auch Nazis gewesen sein. Irgendwie denkt sie, dass Ruth vermutlich mit Nazibonzen geschlafen hat, aber das gehört eben zum unaufhaltsamen Aufstieg ihrer Filmheldin Ruth. Sie hat mit ihnen geschlafen und sie am nächsten Tag weggeworfen, denkt die Enkelin zufrieden, damit waren sie gestraft genug, auch wenn sie noch solche Bonzen waren. Ruth, die alle Herzen brach, haben sie in Wahrheit nicht bekommen. Ruth wusste doch, dass die Nazis Scheiße waren, weil sie an der polnischen Grenze aufgewachsen ist, einen polnischen Mädchennamen hat und den kleinen Paulek mochte, der auch am

Werktag im weißen Hemd aufkreuzte. («Genau. Und sein Kleinsein hat er damit wettgemacht, dass er am schnellsten rennen konnte.» – «So, so. Irgendwie kommt es mir so vor, dass es in deiner Kindheit generell von Nutzen war, wenn man schnell wegrennen konnte, kann das sein?»)

Ruths Freundin Thea ist Jüdin. Thea kommt oft zu Besuch, weshalb es in der Familie immer heißt, dass Ruths Mutter Berta den Schweinebraten so gut macht, dass man ihn für Gans hält. («Wir mussten das Schweinefleisch eben irgendwie umdeklarieren, Thea war nicht so streng mit den Regeln, aber das war unser kleiner Witz.»)

Theas Familie verlässt Deutschland 1933 sofort und emigriert nach Amerika. Gott sei Dank, denkt die Enkelin und ist erleichtert. Gott sei Dank ist ihnen nichts passiert. Aber stimmt das auch? Oder ist es die Geschichte, wie man sie sich später zurechtlegte? Damals ist die Enkelin noch jung und hat praktisch keine Erfahrung mit der Lüge. Als sie Frieder trifft, ist sie in der Hinsicht weiter. Und hat genug davon.

Auschwitz ist nicht weit weg von Beuthen. «Jeder wusste, was in Auschwitz passiert», hört sie Ruth jetzt sagen mit einer Stimme, als wollte sie ausspucken. «Jeder wusste, wohin die Züge fahren.»

So unabhängig wie ihr Filmstar Ruth hat sie immer sein wollen, nur kam sie nicht sehr weit damit. Sie war ein grüblerisches, empfindliches Kind inmitten von Menschen, die immer gleich laut werden mussten. Wenn sie selber nur ein bisschen mehr von Ruths stets gerühmter Leichtlebigkeit und Entschlossenheit geerbt hätte, würde sie sich bestimmt besser fühlen, denkt sie – ihr ganzes Leben wäre besser. Sie wäre dann zum Beispiel fähig, diese Geschichte mit Frieder einfach als Affäre zu bezeichnen, und was soll es denn sonst sein? Sie könnte sich, nur zum Beispiel, schon aus Prinzip sogar noch einen weiteren Liebhaber suchen, nicht wahr? Ruth hätte so gedacht. Sie dagegen träumt gerade vom Sicheinlassen. Zusammenziehen. Eine Wohnung einrichten. Sogar nächtliches Streiten, Überdruss aneinander und irgendwann das unvermeidliche Auseinandergehen kommt ihr auf einmal erstrebenswert vor. «Wir hätten dann miteinander gelebt, zumindest eine Zeitlang», denkt sie.

Sie hat es nie fertiggebracht, einen Mann zur dauernden Gemeinsamkeit zu überreden. Sie besitzt keine Nachttische und keine indirekte Beleuchtung, keinen Bausparvertrag, keine Freundinnen. Dass kein Mann von selbst mit ihr zusammenziehen wollte, wundert sie nicht. Es gibt in ihrem Inneren dieses Gefühl, allen anderen fremd zu sein.

Als es einmal sehr stark war, ist sie einfach weggefahren, ohne jemandem zu sagen, wohin sie reiste. Das Zimmer, das sie in Brüssel gemietet hatte, erwies sich als eine kleine, etwas heruntergekommene Wohnung mit hohen Decken im vierten Stock über einem Bistro, von dem eine enge Treppe hochführte. Es war November und nieselig. Die Wohnung war größer als ihre eigene und leer bis auf das Bett, über dem eine riesige Lampe aus Korbgeflecht hing, ein Ledersofa und die Küchenzeile. Sie lief durch die Stadt, in der sie niemanden kannte, und fühlte sich weniger fremd als zu Hause. Abends ging sie immer in das gleiche Restaurant auf der anderen Straßenseite und aß italienische Nudeln. Sie vermisste nichts. Sie lebte wie jemand anderer und war doch ganz sie selbst.

Trotzdem ist es kaum zu leugnen, dass etwas in ihr das Alleinleben nicht akzeptieren will. Denn seit jeher kocht sie Portionen wie für eine Familie von sagen wir sechs Leuten. Sie bereitet Dinge zu wie langsam gegartes, fettes Rindfleisch, das nach vier Stunden zu einer zarten, mürben Delikatesse wird. Sie kocht Suppen, macht Marmelade aus Aprikosen und Feigen mit einer Zimtstange. Scharfe Hühnersuppe mit Reis, bei der die Innereien mitgekocht werden und das Fett oben schwimmt. Öfters phantasiert sie am Gaumen auch von den Dingen, die Ruth gekocht hat. Ganz alltägliches Essen, das man nirgendwo mehr bekommt. Arme Ritter in Rotweinsoße. Blumenkohl mit Kartoffeln. Brotsuppe mit Knoblauch. Das Kochen ist immer ein Heimkommen, etwas Tröstliches und Eindeutiges.

Manchmal sieht sie beim Einkaufen nach der Arbeit eine bestimmte Zutat, Hühnerleber, eine pralle Artischocke, oder im Herbst, wenn die Abende schon dunkel sind, einen hell leuchtend grünen Kohlkopf, und dann kann sie nicht anders. Sie kauft diese Dinge und alles andere, was sie sich dazu vorstellt, holt zu Hause das Radio mit CD-Spieler in die winzige Küche, macht klassische Musik an und kocht. Nach Art der Vorfahrinnen reißt sie beim Heimkommen zuerst die Wursttüten auf, stopft sich drei, vier Scheiben in den Mund und kaut voller Genuss. Es ist ein Ritual, das sie den Hausgöttinnen schuldig ist. Alle ihre nächtlichen Küchenexzesse liegen im Gefrierfach, in kleine Portionen unterteilt. Das ist dann oft etwas Herrliches, wenn sie von der Arbeit kommt. Aber eigentlich weiß sie genau: diese Art der Nahrungszubereitung ist dafür gedacht, dass die Gerichte von Mann und Kindern verspeist werden.

Wann genau habe ich mir das Leben in völliger Freiheit gewählt? War das ein bestimmter Tag? Ein Jahr, an das ich mich erinnere? Schwamm ich im See und aß Kuchen oder fiel Schnee? Ich weiß es nicht. Aber es ist so entschieden. Deshalb übe ich, dass ich jetzt mit dir bin, Frieder, und beschützt, und dann wieder allein. Proben für mein künftiges Leben als Pflanze.

In diesen Wochen, in denen der Schnee nicht schmelzen will, passiert etwas Seltsames. Während sie Frieder abends am Telefon weitererzählt, kommt Ruth näher. Sie kehrt von den Toten zurück. Als es das erste Mal passierte, war

Lotte so glücklich, dass sie gar nicht wusste, was sie tun sollte. Sie sah Ruth nicht, aber sie spürte es sofort. Sie fühlte sich mit einem Mal nicht mehr allein, Ruths Tod, diese bösartige Trennung, war auf einmal ungeschehen. Ich muss jemandem davon erzählen, dachte sie, dann fiel ihr ein, dass man sie für verrückt erklären würde. Also zündete sie einfach eine Kerze an und lächelte vor sich hin und vergoss eine kleine Träne. Doch langsam wird ihr die Sache lästig. Immer öfter sitzt eine Miniaturausgabe von Ruth wie ein kleiner, quatschender Teufel auf ihrer Schulter und gibt Kommentare zu ihrer Erzählung ab. «Stimmt doch gar nicht!» «Falsch!» «Oh ja, aber du musst auch erzählen, wie schön mein blauer Ring an dem Abend aussah!» An einigen wichtigen Stellen allerdings schweigt der Quatschteufel beharrlich. «Schau an», denkt die Enkelin. Dazu kommen wir noch.

Im Moment hört Frieder jedenfalls am Telefon die mehr oder weniger wahre Geschichte einer grandios unabhängigen Frau, einer männermordenden Schönheit. Einer wahren Erzengelin des vergangenen Jahrhunderts.

Ruth hat immer alles gewollt. Nur als dann später nach dem Krieg alles, alles zum Fluch geworden war und dieser Fluch alles aufgefressen hatte, die Vergangenheit, die Zukunft, ihre Kinder – da hat Ruth nicht mehr das Glück verlangt. Sie wusste, es war vorbei. Vielleicht war Gott wirklich männlich und fühlte sich von dem unverschämten Wollen der Vorfahrin provoziert. Ein Schwächling wäre so ein Gott, der Träume bestraft, in denen er nicht vorkam, denkt die Enkelin wütend. Danach jedenfalls, danach gab es kein Wiedergutwerden mehr. Dabei tat Ruth immer so, als sei wenig in ihrem Leben mit Bedauern geschehen. Eine harte Wand wuchs in den Jahren, als der Fluch ausgesprochen war, an Ruths Haut hoch, entlang der schönen, glatten Haut, die sie hatte. Sie konnte jetzt ohne weiteres so tun, als sei alles in Ordnung. Sie erfand die Lüge.

Die Lüge bedeutete, dass es allen gutging. Sie log, aber sie war nicht zum Schweigen zu bringen. Sie hat sich nicht dafür geschämt, dass sie etwas gewollt hatte. Nur wollte sie fortan bloß noch die ganz unmittelbaren Dinge, die umstandsfreien, traumlosen. Eine bollernd warme Wohnung. Die Kinder versorgt wissen. Zur Kur in ein niederbayerisches Thermalbad. Und da ein bisschen Spaß mit Männern gelegentlich. Wissen, dass sie sie noch haben kann. Wortlos triumphierend kam sie von diesen Kuren zurück. Und sie wollte, nein, sie musste – ihre Wut ablassen. Ihren maßlosen Zorn auf alle, die nichts gewollt hatten und nur deshalb jetzt so verdammt rechtschaffen in der verstaubten Pracht ihrer Bürgerlichkeit dastanden. Beim Faschingsumzug, wenn alles auf den Beinen war, formte Ruth feste, harte Schneebälle und schoss den ehrwürdigen Bürgern von R. die Hüte vom Kopf, manchmal auch noch die Brille. Dann tauchte sie in der Menge ab und lachte sich fast um den Verstand.

«Nein, nein, erzähl ihm noch weiter von mir in Berlin», flüstert der Quatschteufel verführerisch und ist sogar so ungezogen, in ihr Ohr hineinzuhauchen, sodass Lotte eine Gänsehaut bekommt und sich schüttelt. «Los!» Ganz schön frech für ein Trugbild, findet Lotte und greift zu dem Mittel, das bisher immer geholfen hat, nämlich zur Beleidigung des Wichtwesens, dessen Gegenwart sie inzwischen schon beängstigend gernhat. «Du bist eine fürchterliche Quäke, und außerdem solltest du dir dringend die Haare waschen. So setzt man sich nicht in der Öffentlichkeit auf jemandes Schulter. Ich will Frieder die Geschichte erzählen, wie ich es mache!»

«Ein bisschen noch», bettelt der Teufel mit den blauen Augen «Wie sah ich 1941 aus?»

Wie sah Ruth 1941 aus, fragt Frieder am Telefon, den das Teufelchen anscheinend auch schon fest im Griff hat. Sie seufzt. Also gut. Sie kann die Geschichte sowieso im Schlaf vortragen, schließlich ist Ruth in Berlin der größte und einzige Filmstar ihrer noch völlig unabsehbaren Enkelin. Sie hat sich die Haare über den Schläfen nach oben gezogen und zu einer Tolle hochgesteckt. Die Frisur ist eines der ersten Dinge, die sie sich vom mondänen Leben abgeschaut hat. Sie hat Murmelaugen und eine kurvige Figur. Als sie 1936 in die Stadt kam, fing alles neu an. Sie hat keinen einzigen Tag Heimweh, und sie bereut es nie, dass sie gegangen ist. Der finstere Blick, zu dem Ruth von Kindheit an neigt, verliert sich im Staunen über den hinreißenden Rummel, in den sie da geraten ist. Sie erwirbt sich jetzt den von ihr selbst bis ans Lebensende gut gepflegten Ruf, leichtlebig zu sein.

Sie bewahrt sich alles, was aufregend ist – jeden ersten Abend in einem neuen Tanzlokal, jeden Ausflug in den Spreewald, jeden Sonntagnachmittag Unter den Linden – mit einem seltsamen Trick: Sie weiß noch Jahrzehnte später genau, was für ein Kleid sie jeweils trug. Sie spricht von Saumlängen und gesmokten Taillen, von tiefschwarz glänzenden Riemchen an einem besonders geschwungenen Schuh mit kleinem Absatz und der Schwere und Leichtheit von Stoffen. Es kommt ihr vor, als sei sie wieder in einem Gartenlokal, der Kies knirscht, die Lampions leuchten in den Abend, jemand, dessen Namen sie ebenfalls nicht vergessen hat, nimmt ihre Hand und murmelt sanfte Dinge.

Das Teufelchen hat ganz still zugehört, hat sich mit einem wohligen Grunzlaut an ihren Hals gekuschelt und ist eingeschlafen.

Wenn wir Lotte bis hierher gefolgt sind, dürfen wir ruhig erfahren, dass sie Frieders Neugier auskostet, aber zunehmend mit einem Albdruck kämpft, je weiter die Geschichte vorangeht. Viel zu gut weiß sie nämlich, was kommt. Sie weiß, dass sie jetzt noch eine Emanzipationsgeschichte vorträgt, die in dem Jahr beginnt, als die Frauen in Deutschland zum ersten Mal wählen durften – dass Ruth 1919 geboren ist, hatte immer eine Bedeutung für Lotte –, und die dann unaufhaltsam in ein selbstbestimmtes weibliches Leben einzubiegen scheint. Aber nicht nur im Kino und in Büchern von Richard Yates und James Salter muss die unberechenbare Frau auffällig oft sterben oder wenigstens ins Elend geraten. Das Prinzip ist der Evergreen bei den höheren Mächten. Denn das Schicksal hat schon die Pranke in der Luft. Ruths Fall wird kommen, sie muss nur noch etwas höher steigen.

Los, spring! Ruth steht ganz oben auf der Treppe, die seitlich am Lagerhaus hochführt und kein Geländer hat. Die anderen Kinder schauen zu ihr herauf. Sie ist vierzehn, trägt links und rechts einen braunen Zopf, Rock und Kniestrümpfe. Vor ihr geht es ungefähr ein Stockwerk tief nach unten bis zur Wiese. Sie versucht, die Härte des Untergrunds abzuschätzen. Hat sie Angst? Nein. Unten steht Paulek dabei, der schon wieder. Sie zieht die Augenbrauen zusammen, springt und konzentriert sich darauf, dass sie mit beiden Füßen gleichzeitig unten aufkommt. Der Stoß ist sehr hart, sie bleibt aber erstaunlicherweise unverletzt. Sie nimmt wahr, dass sie intakt ist, bemerkt die Bewunderung der anderen, bemerkt, dass sie das helle Sonnenlicht ein bisschen blendet, blinzelt, macht einen unsicheren Schritt. Sie ist die Heldin. Aber sie weiß, so etwas wie diesen Sprung will sie nie wieder tun. Von diesem Tag an entwickelt Ruth eine beinah mütterliche Vernunft gegenüber sich selbst und anderen. Darauf kann sie sich so sehr verlassen wie auf das, was andere Leute Instinkt nennen.

In Berlin entdeckt Ruth noch etwas anderes als die Männer. Das Mädchen aus dem Kohlerevier findet eine Haltung, die ein Leben lang bleibt, länger als jede Liebe. Nur hat sie davon so viel weniger erzählt als von Frisuren und Kleidern. Vor allem hatte sie damit überhaupt nicht gerechnet. Es gehörte nicht zu ihrem Plan. Vielleicht war es am Anfang nur der Eindruck von unwiderstehlicher Sauberkeit und Ordnung. Das Virchow-Krankenhaus.

Vorigen September bin ich einmal mit der U-Bahn hingefahren, sagt Lotte. Es stimmt also nicht ganz, dass ich jahrelang nicht an Ruth gedacht habe. Dabei war es mehr eine Entscheidung des Augenblicks, fast eine Laune, die mich dazu brachte. Ich kam von einem Interview, stand in der U-Bahn nach Zoologischer Garten, sah am Bahnhof Amrumer Straße den Wegweiser zum Ausgang «Virchow-Campus» und drängte mich praktisch, ohne nachzudenken, aus dem Zug, kurz bevor die Tür zuging. Ich war müde und enttäuscht von dem Interview gewesen, obwohl es keinen Grund gab, enttäuscht zu sein; ich verstand nicht, warum ich mir davon mehr erhofft hatte. Aber es tat mir gut, dass ich jetzt durch das Aussteigen plötzlich aus alldem weg war. Der volle Bahnsteig leerte sich, und ich ging den Menschen hinterher zum Krankenhaus. Es war ein fast noch heißer Tag gewesen, die vierspurige Ausfallstraße oben am Augustenburger Platz war staubig, aber es roch nach Gras und unerwartet nach Landluft. Mir wurde leichter. Die Sonne ging langsam unter, aber es war noch viel los. Auf dem Grünstreifen vor dem Toreingang, der über einen Innenhof zum großen Quergebäude führt, verkauften türkische Händler Pralinen, Obst und Blumen für den Krankenbesuch. Auf weißen Holzbänken in einer altmodischen, bequemen Form rauchten Kranke und Gesunde neben Pflegern. Ich ging an ihnen vorbei und betrat das Gebäude.

Nach einem Innenhof blieb ich vor der Gedenktafel stehen, die Rudolf Virchow unter Nennung des Geburts- und Sterbedatums als Arzt und Politiker ausweist, als Begründer der Zellularpathologie und langjährigen Stadtverordneten von Berlin. Wenn man einen Gang durchquert, kommt man ins eigentliche Zentrum der Anlage, einer langen Allee, die wie der Park eines Schlosses rückwärtig liegt und an der entlang niedrige Häuser aufgereiht sind, die Krankenstationen. Ich war verblüfft, so ein Krankenhaus hatte ich nie gesehen. Es machte den Eindruck, dass man hier zur Ruhe kommen kann. Selbst jetzt mit den Neubauten ähnelte das Gelände mit seinen autofreien Straßen und den vielen Nebengebäuden eher einer stillen Stadt unter Kastanien. Auf dem Rasen und den weißen Bänken saßen Kranke mit ihrem Besuch beim Picknick, eine kaum vierzigjährige Frau schaukelte überstolz das neugeborene Enkelkind im Arm. Ich schaute zu und bekam große Lust, mich auf einer der weißen Holzbänke niederzulassen und in die Bäume zu schauen. Sie hätte sich neben mich setzen können, nicht das Quatschteufelchen, sondern die echte Ruth, und wir hätten uns ernsthaft unterhalten, wie wir es manchmal getan hatten, als sie noch lebte. Tegel, von wo aus ich in ein paar Stunden nach Hause fliegen würde, war nah, ganz nah, man sah und hörte die Maschinen in den

Himmel steigen. Ich gehöre nicht hierher, dachte ich ohne Bedauern, nur wie eine Klarstellung.

Der Name Virchow war mir geläufig, lange bevor ich ihn nachschlug. Ruth, die niemals Ehrfurcht zeigte, hat ihn noch als alte Frau ausgesprochen, als sei es der eines Heiligen. Virchow wurde 1902 zu Grabe getragen wie ein Staatsmann. Den Nazis war er suspekt, schon weil er nicht nur Sozialpolitiker, sondern von Herzen Liberaler war. Er kämpfte für bessere Hygiene in Berlin und setzte die erste Kanalisation mit Rieselfeldersystem durch. Es ist eine unglaubliche Kühnheit, fast eine Arroganz der Vernunft, die ihn zum Wohltäter der Armen macht.

Da, wo Ruth herkommt, herrscht die von der Obrigkeit geordnete Not der Industriearbeiter. Ruths Vater August arbeitet als junger Mann im Steinkohlebau und wird, als sich ihm später die Möglichkeit bietet, Beamter bei der Reichsbahn. Es gibt mächtige Kohlekönige und einen ungeheuren Dreck in der Luft, bei Regen schwimmt er auf den Pfützen. Beuthen liegt am Ende der Welt und ist trotzdem zu einer modernen Großstadt angewachsen. Nicht nur in Berlin, sondern auch hier gibt es Mietshäuser aus Backstein mit fünf Hinterhöfen, fünf gestaffelte Welten hinter einer Hausnummer. Die Kinder sind katholisch getauft und dünn. Wenn August seinen Lohn bekommt, bringt er seinen Töchtern in der Schulpause Brot mit Zucker bestreut und steckt die Süßigkeit durch das Schulhoftor durch. Ruth verstand Virchow genau richtig. Sie verstand, dass das Hygienische politisch war.

Jetzt ist sie an einem Ort, an dem sie ständig mit Kranken zu tun hat, mit Eiter, Schorf und Schmerzen. Oft denkt sie am Anfang, wenn eine Wunde unter dem Verband zum Vorschein kommt: wie ekelhaft. Aber sie merkt, sie ekelt sich nicht. Es muss ihren Schilderungen nach so gewesen sein, als ob sich eine helle aufgeklärte Welt auftat. Sie lernt, wie der Mensch beschaffen ist, außen und innen. Weltfremd war Ruth noch nie, und jetzt bildet sich, ohne dass ihr das wirklich bewusst wird, beim Lernen ein Wesenszug heraus, der ihrem Temperament entspricht. Es ist eine Art radikaler Pragmatismus – Verachtung aller Maßstäbe, die nicht aus der Vernunft kommen, eingeschlossen die Maßstäbe der Moral. Heilung ist ein Handwerk und erfordert es, dem Körper zugetan zu sein. Solange sie lebt, bekommt sie Wutausbrüche, wenn Leibfeindlichkeit als Kulturleistung oder Frömmigkeit ausgegeben wird. Vielleicht ist ihr gar nicht klar, dass ihre Körpervernunft auch dem Tod das Religiöse nimmt, ein physisches Ereignis ohne weitere Überhöhung. Es ist eigentlich kein Wunder, dass sie Siegfrieds katholischer Familie später in Süddeutschland höchst suspekt ist. Einem studierten Mann hätte man die Haltung als aufgeklärt durchgehen lassen. Einer jungen Frau nicht.

An einen Gott glaubt das Arbeiterkind Ruth schon lange nicht mehr, jetzt wird diese Art der Vernunft zur einzigen moralischen Instanz. Sie wird ihr Leben lang felsenfest danach handeln. Bei Ruth musste einem niemals etwas Körperliches peinlich sein. Lotte wusste genau, dass sie nicht ihre Mutter, sondern Ruth mitnehmen musste, als sie eines Tages zum Juwelier in der Kleinstadt ging und sich mit einer Art Pistole Ohrlöcher stechen ließ. «Natürlich hatte ich Angst. Aber sie hatte keine. Das beruhigte mich.»

Ruth war als Großmutter auch bei der Emanzipation den siebziger Jahren im bürgerlichen Deutschland voraus, denn sie brachte der Enkelin bei – oder hielt eher auf unsystematische Art Vorträge darüber –, wie man als Frau leben soll. Wobei das Grundmotiv darin bestand, dass man um jeden Preis selbständig bleiben muss und unabhängig von Männern. Eine Frau braucht ein eigenes Einkommen und muss für sich selbst sorgen können. Sie sollte jederzeit in der Lage sein, eine Beziehung zu beenden und zu gehen, ohne dass dieser Entschluss sie finanziell ruiniert. Getrennte Wohnungen, keine Kinder, ein Beruf, der genug Geld zum Leben einbringt. Ruth predigte erkennbar gegen die Aufgabenteilung, die ihre eigene Tochter mit ihrem Mann praktizierte, so wie alle in der Kleinstadt, Gütergemeinschaft mit männlichem Alleinverdiener und der Ehefrau, die für Haus und Kinder sorgte. Aber Ruth glaubte nicht mehr an an irgendeine heile Welt. Einmal muss das anders gewesen sein, denkt Lotte. Ruth hätte es sofort radikal bestritten, dass Siegfried die Liebe ihres Lebens gewesen war. Es konnte für eine Frau, die bei Verstand war, nur Rationalität geben. Sie wollte, dass die Enkelin auf alles gefasst war, zu ihrem eigenen Besten. Sie trieb ihr, noch bevor Lotte das erste Mal verliebt war, die Mädchenromantik aus.

Die Enkelin lebt tatsächlich nach der Maxime, sich immer den Fluchtweg frei zu machen. Sie könnte mitten in der Nacht das Wichtigste in eine Tasche packen und aus ihrem eigenen Leben verschwinden. Sie hat es sich zur Gewohnheit gemacht, das durchzuspielen. Aber eigentlich würde sie lieber ein paar Wurzeln schlagen.

Doch etwas an Ruth passte nicht zu ihrem eigenen Gerede. Denn Ruth mochte Männer, und die Männer mochten sie. Da war ihr Leben lang dieses interessierte Flirren, ihr Lachen wurde hell, ihr fraulicher Körper bewegte sich schneller, sogar die Fußhaltung drückte etwas Seelenvolles aus. So wie damals, als sie in Berlin den Mann kennenlernt, der die Ursache aller Warnungen an die Enkelin ist. Und den sie, trotz allem, was dann kam, nie verlassen hat.

Hätte Ruth in einer anderen Zeit Medizin studiert? Wahrscheinlich nicht, denkt die Enkelin. In gewisser Weise war sie genügsam. Sie freundet sich in Berlin aber mit Schmittke an, einem verheirateten Arzt, mit dem sie ab und zu schläft und bei dem sie sich auch sonst entspannen kann. Doch auf ihre Art ist die leichtlebige Ruth eine treue Seele, denn noch in den sechziger Jahren, als ihre eigene Tochter schon erwachsen ist, wird sie nach West-Berlin fahren und Schmittke besuchen, der inzwischen in Charlottenburg praktiziert. Sie trinken Kaffee am Nachmittag. Schmittke ist schon lange nicht mehr verheiratet. Sie schauen sich an. Todernst sagt sie: Du bist aber alt geworden. Dann fängt sie, eine über vierzigjährige Frau im braunen Stadtrock, haltlos zu kichern an und kann nicht mehr aufhören. Glucksend steht sie auf, geht um den Kaffeetisch herum und fällt ihm um den Hals. So als wäre sie hier in Berlin von allen gesellschaftlichen Zwängen befreit, erzählt sie einfach alles. Dass Siegfried im Gefängnis war und was er getan hat. Wie sie die Kinder und sich durchgebracht hat. Sie legt ihm das dar wie einen Fall, der eine Diagnose verlangt. Er steht auf und schenkt ihnen Cognac ein.

Jetzt bekommt also Siegfried seinen ersten Auftritt in dieser Geschichte. Siegfried, der das Schicksal aller verdrehen und verheeren wird und vor allem das der Erzengelin Ruth, die sich in Berlin gleich ganz unvernünftig in ihn verlieben wird.

Sie zögert. Soll sie Frieder auch noch die Sache mit Siegfried erzählen? Es wäre Verrat, denkt sie. Die Sache mit Siegfried bindet die Familie zusammen. Es ist ein kompliziertes Gefüge aus Schmerz und Demütigung. Es macht aus ihnen Leute, die immer auf der Hut sind. Einerseits tut man so, als wäre alles ganz normal, normal und *verarbeitet*. Aber das macht es nicht besser und das Schweigen nicht weniger mächtig. Es ist, als lebten alle noch ein halbes Jahrhundert später in Schockstarre. Sie spürt, dass der Gedanke in ihr Panik auslöst, man könnte diese Sache einfach jemand anderem erzählen, wie man eben von sich erzählt. Dann merkt sie, dass sie auf einmal verrückt große Lust auf diesen Verrat hat. Im Moment ist sie noch nicht sicher, ob sie es tun wird.

Vorerst beschließt sie, so anzufangen, dass Frieder es für eine zarthimmelblaue Liebesgeschichte hält und nichts ahnt. Sie hängen wieder einmal miteinander am Telefon. «Magst du Romanzen?», fragt sie hinterhältig.

Ja, unbedingt, antwortet Frieder sofort, Liebesgeschichten sind die Bestätigung, dass alle Menschen die gleiche Sehnsucht haben. Wir sind ins Nichts hineingeborene Wesen. Ich wüsste nichts, außer vielleicht der Idee von Gottes Existenz, was uns anderen Menschen gleicher machen würde als Liebesgeschichten. Warum ist sie über diese Antwort verblüfft? Sie hat doch sowieso keine Ahnung, mit welchem Wundertier sie da eigentlich schläft. Typischerweise kommt jetzt noch sehr, sehr entspannt ein ganz anderer Satz hinterhergeschnurrt: Ich mag Liebesgeschichten auch, weil ich dabei etwas über Frauen lerne. Meint er das ernst? Aber Frieder schweigt. Sie spürt, dass er am anderen Ende der Leitung wartet. Sie erzählt weiter.

Siegfried also. Siegfried fühlt sich im Moment gar nicht so kriegerisch, wie er es seinem Namen nach müsste. Er läuft in Berlin über den Savignyplatz und ist in Eile, er «schickt sich», wie man bei ihm daheim im Südwesten sagt, denn er muss zum Unterricht. Seit gut zwanzig Jahren arbeitet er schon als Lehrer, aber jetzt ist er wieder Schüler. Der Himmel ist putzblau, und seine Schuhe sind blitzsauber, was ihm gute Laune macht, zumindest sagt er sich das. Er tut so, als ob, und schaut sich zu, ob er damit erfolgreich ist. Es ist eigentlich lächerlich, wie eine Übung in Disziplin. Aber er will heute unbedingt gute Laune haben. Weiter vorne an der Kantstraße graben Menschen nach dem Luftangriff der letzten Nacht angestrengt im Schutt zu den verschütteten Kellern hinunter. Er versucht, nicht hinzuschauen. Der Krieg ärgert ihn.

Im Vorbeigehen bemerkt er eine weinende Frau neben einem großen Haus am Park. Sie ist auffallend hübsch, aber Siegfried zieht die Augenbrauen hoch und geht rasch weiter. Er ist schon zum zweiten Mal verheiratet, und weinende Frauen hat er zu viele gekannt. Gleich wird er das Portal der Musikhochschule aufstoßen und sportlich in den zweiten Stock laufen. Er ist siebenundvierzig Jahre alt, hält sich aber zugute, dass man ihm das nicht anmerkt. Heute wird bei Professor Hermann Grabner die neueste Übungskomposition seines Kollegen Rink durchgesprochen. Natürlich wird es wieder eine Fuge sein. Grabner ist auf der Höhe der Zeit, das heißt, er sucht das reine Deutsche in der Vergangenheit und besonders gern bei Bach. Darum lässt er seine Schüler endlos Fugen schreiben. «Fuge» bedeutet «Flucht», überlegt Siegfried einmal, aber daran denkt hier keiner.

Siegfried trägt keine Uniform, sondern Anzug. Auch das hier geht vorbei, sagt er sich und meint den Krieg. Er reibt sich jeden Morgen mit einer Sisalbürste den Körper ab, nur kann er sich waschen und schrubben, soviel er will, auch dieser holde Frühling ist wieder verdreckt vom Pulverdampf. Aber wenn er um die Ecke zur Hochschule in die Fasanenstraße biegt, findet er das wieder, was sein Leben mit Sinn erfüllt, die Kunst. Dank der Kunst erlebt der einstige Dorfbub Siegfried Engele gerade einen fast fiebrigen Schub.

Obwohl er Offizier ist und Ausbilder an einer Heeresfachschule für Feuerwerker, studiert er jetzt Komposition. Mit einem Hochschulabschluss könnte er später, wenn der Krieg zu Ende ist, an einem Konservatorium unterrichten. Dass er als Hauptmann der Reserve tatsächlich studieren darf, verdankt er dem Wohlwollen seines vorgesetzten Generals und dessen Frau. Es hat ihn selbst erstaunt, es war ganz einfach, um die Erlaubnis zu bitten und sie zu bekommen. Seit er sich bei einer Abendgesellschaft im Hause Kock einmal an den Flügel gesetzt und aus den nächstbesten herumliegenden Noten vorgetragen hat, steht er in einem ganz anderen Ansehen. Denn ohne es eigentlich zu wollen, ist der innerlich so getriebene Pädagoge Siegfried mit seinem Resthaarkranz plötzlich ein Mann, der dem Ideal der Nazis schaurig nahe kommt: Krieg und Kantate, der musizierende Übermensch.

An diesem Abend hat er seine Wirkung bei Leuten wie Carl Kock zum ersten Mal bemerkt. Er findet das zum Lachen. Könnte er eine Symphonie komponieren, würde er wie Anton Bruckner als Widmung «Für den lieben Gott» darüberschreiben. Nichts passt ihm weniger an den Nazis als ihre Gottlosigkeit, was für ihn nichts anderes als Kulturlosigkeit bedeutet. Aber Siegfried findet, das Leben hat ihn schon ein paarmal sehr ungerecht behandelt, deshalb beschließt er, bei passender Gelegenheit das Kinn ein bisschen vorzurecken und ihnen eben den deutschen Musiker zu geben. Wenn sie das unbedingt haben wollen und er davon profitiert ... Mehr aber nicht, dann ist Schluss, sagt er sich und schüttelt den Kopf.

Liese Kock hatte allerdings etwas ganz anderes im Sinn. Sie hatte ein todschickes neues Kleid getragen, das niemand würdigte, und war einfach nur entzückt, wie sein Klavierspiel – es waren einige gefällige Stücke aus «Sang und Klang im XIX. und XX. Jahrhundert» – der Runde von uniformierten Herren und ihren ältlichen Frauen ein wenig Glanz verlieh. «Siiiegfried», rief sie, wahrhaft dankbar, «wie schön Sie spielen!» Er lächelte gehorsam, oder vielleicht doch eher ungehorsam, denn die rothaarige, stämmige Liese Kock und er sind ungefähr im gleichen Alter, und er spürte die Liebessehnsucht dieser Frau. Dafür verachtete er sie keineswegs, im Gegenteil. Es machte sie angenehm. Sie muss sein Wohlwollen bemerkt haben, obwohl sie wusste, dass man sie genauso gut als lächerliche Figur betrachten konnte, gerade mit ihrer Eitelkeit und der vergangenen Jugend. Nun jedenfalls darf sich Siegfried als gerngesehener Gast im Hause Kock betrachten. Für Schmeicheleien ist er anfällig, auch macht er selber gern höfliche Komplimente, und ein Flügel auf einem Orientteppich gefällt ihm sowieso besser als ein Raum voller junger Soldaten, die er im Kriegshandwerk ausbilden soll, damit sie für Hitler sterben können.

Siegfried glaubt nicht an Heldentum, er glaubt an die Musik. In ihr ist alles rein. Er glaubt an Schubert, an Reger, an Beethoven. Er glaubt an den heiligen Wilhelm Furtwängler, der neun Jahre älter ist als er, an dieses langgewachsene Gespenst, das die Berliner Philharmoniker zu einer Wundermaschine macht und das gelegentlich in der Hochschule zum Dirigierkurs hereinschneit wie eine mildtätige Diva mit Augenringen und diesen fühlerartigen Fingern.

Hier wird aus der Geschichte, die Lotte im Sinn hat, eine ganz andere Liebesgeschichte, eine deutsche Romanze. Siegfrieds zärtlichste Verehrung gilt jener Musik, die in der Zwischenkriegszeit wie ein vertonter Phantomschmerz klingt. Weltende-Musik, betörende Innigkeit. Er hört darin etwas, das ihm zutiefst entspricht und das er nur als «deutsch» bezeichnen kann. Deutsch ist für ihn kein Kampfbegriff, sondern ein melancholisches Heimwehwort nach etwas Unwiederbringlichem. Er würde noch lieber «süddeutsch» sagen, aber das käme ihm dann doch provinziell vor.

Wem hätte er später das Drama beschreiben können, das sich in diesen Monaten an der Musikhochschule abspielt, seine ungezügelten Höhenflüge in Gedanken, seine großen Hoffnungen? Das alles war nach dem Krieg ja bedeutungslos geworden, er kannte auch niemanden mehr, den es hätte interessieren können. Seine Welt, seine exquisite Sehnsucht war untergegangen. Furtwängler war da auf einmal eine dubiose Gestalt, Pfitzner hatte unsagbar infame Sätze über die Verfolgung der Juden geschrieben und sein ganzes Werk ins Abseits katapultiert, Hugo Distler war tot, Strauss komponierte bereits außerirdische Trauer- und Abschiedsmusik, Krenek und Hindemith, Schönberg und Kurt Weill waren Amerikaner geworden. Von denen, die sich arrangiert hatten, behaupteten hinterher viele, sie seien nur Kirchenmusiker gewesen.

Aber jetzt, vor seinen Augen in Berlin, ist es noch nicht so weit, jetzt spielt sich das ab, was von nun an sein Erinnerungsstolz sein wird. Er ist mitten unter denen, die ihr Lebensgefühl in eine neue, nie gehörte Musik übersetzen wollen. Allerdings sind sowieso nur noch die da, die nicht emigrieren mussten und vorerst nicht einberufen worden sind. Ihr Glück ist brüchig und ein wenig unsauber. Aber Siegfried hat kaum etwas zu verlieren, und er ist hier auf einmal nicht mehr allein mit seinen Ideen. Schwierigkeiten beim Komponieren deprimieren ihn merkwürdigerweise nicht, sie spornen ihn an. Noch nie war ihm sein Ziel so klar.

Er ist aber nicht naiv, er muss die Nervosität bemerkt haben, denkt Lotte. Alle in der Hochschule müssen die Gefahr spüren. Weil sich die obersten Kulturnazis Joseph Goebbels und Alfred Rosenberg einfach nicht einigen können, welche Kunst nun wirklich nationalsozialistisch ist, entscheidet vor allem die Wetterlage und das neueste Gerücht, welcher Stil und welcher Künstler noch in Gnaden steht und wer nicht. Furtwängler und Hochschulpräsident Fritz Stein – der sich nicht scheut, die «Leibstandarte Adolf Hitler» zu dirigieren – nutzen diese Uneindeutigkeit aus. Das hilft unter anderem auch dem Hochschulbetrieb.

Frieder hat natürlich, wie sie auch, István Szabós Film *Taking Sides – Der Fall Furtwängler* gesehen: Die Szene, in der Furtwängler nach einem Händedruck von Hitler ein Taschentuch knetet und dem Zuschauer die Entscheidung überlassen bleibt, ob er das als Geste des Ekels nehmen will oder als Zufall. Aber der Film ist Kitsch, finden sie beide. Vergiss den Film, du musst dieses Buch von Michael Kater lesen, sagt sie zu Frieder, seine Studie über Musik im Dritten Reich, da wird dir heiß und kalt und wieder heiß. Nichts bleibt mehr unschuldig nach dieser Zeit, nicht die Orgel, nicht der Chorgesang, nicht die Oper; alles staatlich geförderte Gefühlsverstärker fürs Nationalempfinden, als Erbauungsprogramm einer weltlichen Religion, dieses Deutschseins.

«Als ich Katers Buch gelesen hatte und zum ersten Mal wieder zum Konzert in die Philharmonie ging, stand mir jeder der teuer und einfallslos gekleideten Grauköpfe dort auf einmal im Verdacht, seine innige Musikliebe den Nazis zu verdanken. Es gab diese Konzerte Furtwänglers vor Bildungsbürgern in Kriegsnächten und vor Fabrikarbeitern, deren andächtige Gesichter dann in der Wochenschau kamen. Mit Beethoven kriegt man sie alle. Siebte Symphonie, zweiter Satz, deutsche Droge. Ich sah die riesige Philharmonie und die alten Menschen darin und dachte: Was, wenn das hier immer noch ein heimliches Kollektiv ist, wenn sie hier nur das Überlegenheitsgefühl zelebrieren, das der Nationalsozialismus den Deutschen beigebracht hat? Was, wenn das alles immer noch da ist? Es beunruhigte mich, ich kam von dem Gedanken einfach nicht los.»

Das brutalste Mittel des Reichskulturministeriums, einen Künstler loszuwerden, ist die Einberufung. Nervosität steigert die Empfindlichkeit, sie ähneln in der Fasanenstraße immer mehr einem Haufen mystisch verzückter Mönche und Nonnen, die das Tor zum Himmel offen sehen und sonst lieber nichts mehr. Manchmal kommt der Teufel und holt sich ein paar.

Ruth sagte später zu der Enkelin immer: Musiker sind alle Spinner, die hören phantastische Welten in ihrer Musik und glauben, dass das alles real ist. Sie hätte nichts mit der Ehrfurcht anfangen können, die herrschte, wenn Sergiu Celibidache oder Elisabeth Schwarzkopf bei den Konzerten der Hochschule auftraten. Sie hätte sich ätzend lustig gemacht über die ernsten Männer, die sich als unpolitisch ausgaben, so als lebten sie auf einem anderen Stern und nicht mitten in Berlin. Dumme Schafe, hätte sie gesagt.

Weltfremd. Über Hugo Distler hätte sie gespottet, der mit seiner modernen Brille und dem komplizierten Liebesleben, aber zur Bekennenden Kirche gehören! Dabei ist Distler ab Mitte 1942 ständig von der Einberufung bedroht und wirklich verzweifelt.

An einem Sonntag im April 1942 lernt Ruth dann Siegfried kennen. Im Schlosspark von Sanssouci. Fast hätte er einer Stimmung nachgegeben und wäre gar nicht gekommen. Aber er wollte Rink auch nicht im Stich lassen, der hat mit Grabners dauernder Kritik an seinen Fugen schon genug Ärger am Hals. Trotzdem ist ihm die Sache unangenehm. Sie sind mit zwei jungen Damen verabredet, von denen die eine, Elisabeth, Siegfried ungefragt als ihren Kavalier betrachtet, seit Rink einmal vorzeitig aufbrechen musste, weil er unbedingt noch ins Archiv wollte. So saßen sie dann alleine im Café Kranzler. Elisabeth will Elly genannt werden, wie Elly Beinhorn, aber sie hätte ihre Kurven nur schwer in einem Cockpit untergebracht.

Siegfried hat sie wahrscheinlich ein bisschen zu lieb angelächelt und ihr später den Arm geboten; als sie ihr rundes Gesicht an seine Schulter lehnte und ihn aus großen braunen Augen anhimmelte, hat er sie nicht sofort abgewiesen. Soll sie doch machen, was sie will, er ist ein verheirateter und nicht mehr junger Mann, aber dieses Mädchen hält ihn offensichtlich für einen tollen Kerl, und er merkt, wie gut ihm das tut. Nur als er sie beide zusammen in den Schaufenstern gespiegelt sieht, fühlt er sich entsetzlich fremd in dem Bild.

Jetzt ist Elly mit Ruth nach Potsdam gefahren, um ihre Eroberung vorzuzeigen; beschrieben hat sie ihr im Zug dorthin einen schon reiferen, aber, wie die nationalsozialistisch gefestigte Elly behauptet, ungemein interessanten Wehrmachtshauptmann. Einer, der Klavier spielt und gebildet ist. Dabei hat Siegfried bei solchen Ausflügen eigentlich immer nur die angenehme Gesellschaft hübscher junger Frauen und vielleicht ein wenig Sonne im Sinn. Er hat mehrere sehr leidenschaftliche, schwierige Liebesverhältnisse hinter sich und jetzt das Gefühl, dass Berlin alles leichter macht. Eine großartige Entdeckung, findet er, und als ihn das erste Mal bei einem Abend im Varieté eine Dame, deren Namen er nie erfährt, immer wieder lange ansieht, ihm später auf den Ku'damm folgt und in eine dunklere Seitenstraße zieht, fühlt er sich von einer lebenslangen Last befreit.

Siegfried schaut jedenfalls an diesem Tag im Park sehr unternehmungslustig aus seiner Uniform, im Kopf ein versponnenes Thema von Max Reger, mit dem er sich kürzlich beschäftigt hat und das jetzt in ihm herumsummt. Er will sich aber nicht ablenken lassen, er macht Fotos von den beiden jungen Frauen, findet Elly gar nicht mehr so lästig, doch während er Bilder macht, vertieft er sich unversehens immer weiter in das falsche, nämlich in Ruths Gesicht, in ihre dünn bestrumpften Beine, ihre frechen Hüften und ihren skeptischen Blick, während in seinem Kopf weiter Regers kleines Motiv wie eine Filmmusik herumzieht. Mit Erstaunen bemerkt er, dass Ruth und diese Musik zusammenpassen, obwohl nichts unwahrscheinlicher wäre als das. Es ist seine Gefühlswallung, die beides verbindet, und so wird ihm plötzlich bewusst, wie sehr er sich an Ruth erfreut. Er macht das so vorsichtig, dass sie es nicht merken kann, aber plötzlich fühlt sie sich unter seinem Blick erforscht und wird unruhig. Auch später mochte sie Reger nie.

Sie sitzt neben Elly auf dem kleinen Rand eines Brunnens und blinzelt in die Sonne. Im Hintergrund ein nackter Putto, die Männer fanden das Motiv für ein Foto lustig. Sie zieht an ihrem beim Hinsetzen hochgerutschten Rock, sodass sie nun in einer etwas verqueren, verknautschten Beinhaltung posiert. Er hat Lachfältchen, denkt sie. Der studiert wirklich in seinem Alter noch mal Musik, der spinnt doch. Und obwohl er schon so lange Soldat ist, wie er ihr erzählt hat, wirkt der in praktischen Dingen so unbrauchbar, dass sie sich fragt, ob der jemals einen Schuss abgegeben hat. Den können sie doch nicht einsetzen im Krieg, denkt sie. Da täuscht sie sich zwar in ihm, aber trotzdem wird sie neugierig. Als er die Kamera weglegt, schaut er sie an, und sie schaut zurück. Beide sind von diesem Blick erstaunt.

Und dann, fast wie ein Echo ihrer Gedanken, schleicht ihr Spott sich in seine Träume. Denn Siegfried träumt in dieser Nacht etwas Rätselhaftes. Ruth sitzt im Unterrock in seinem Zimmer, frisiert sich vor dem Spiegel und will unbedingt ein Leberwurstbrot. Beim Aufwachen hat er noch ganz benommen das Gefühl, dass er jetzt alles daransetzen muss, für Ruth so ein Brot aufzutreiben. Was für ein

Quatsch, sagt er sich, reibt sich die Augen, wundert sich über die große Erektion des Leberwursttraums.

Ruth, die sich stets ihrer robusten Fähigkeit zum Tiefschlaf rühmt, war die Nacht über mit offenen Augen dagelegen. Gegen fünf Uhr ist sie aufgestanden, hat einen Kaffee in der kühlen Küche des Schwesternheims getrunken und ist jetzt dabei, einen Plan zu machen. Sie wundert sich über sich selbst. Elly ist über Nacht zur Konkurrentin geworden und hat schon keine Chance mehr. Ruth hat beschlossen, sich diesen Mann zu angeln.

«Warum nur ausgerechnet ihn?»

Doch Ruth ist von der Welt verschwunden, ohne die Frage zu beantworten, und später tat sie ja so, als hätte sie ihn nie geliebt. Aber das war gelogen.

Gleich am zweiten Tag nach der Begegnung in Sanssouci passt sie ihn nach ihrem Dienst vor der Musikhochschule ab. Sie gehen in ein Café in der Fasanenstraße. Im Nachhinein hat er nur noch Erinnerungsfetzen daran, so aufgeregt ist er. Sie möchte lieber Eis statt Kuchen. Wie jung sie ist. Mit welcher Zärtlichkeit ihn das erfüllt. Einschüchternd unerschrocken ist sie. Sein unsinniger Beschluss, dass sie ein reines Wesen ist. Sie fragt, wo er wohnt. Sie gehen durch die Straßen. Es ist ganz leicht. Mit größter Vernunft, also unter Anwendung eines Präservativs, vögeln sie sich in der kurzen Zeit, die sie zusammen haben, um den Verstand. Ruth hat die körperliche Liebe immer pragmatisch betrachtet, ohne sie für etwas besonders Romantisches zu halten.

Jetzt stellt sie fest, dass es sich mit ihnen beiden erstaunlicherweise nicht pragmatisch, sondern weltbewegend und höchst romantisch anfühlt. Und das genau ist der Moment, in dem sie sich verlieben. Da hast du deine Romanze, Frieder.

Siegfried sagt übrigens nichts. Er sitzt nicht flüsternd und zischend auf ihrer Schulter und mischt sich in die Erzählung ein. Er schweigt und bleibt das Rätsel, das er ist.

Alles, was die Enkelin mit Sicherheit über ihn weiß, steht auf zehn Bögen Papier, die sehr gleichmäßig in Sütterlin beschrieben sind. Die Bögen steckten in einem hellbraunen Umschlag zwischen den leinengebundenen Notenbänden, Siegfrieds «Musikalien». Nach Ruths Tod, als alles von oben nach unten gewendet wurde, war der Umschlag auf einmal da. Sie packt aus: Ein Antrag auf Sondergenehmigung des Reichserziehungsministers für das Studium, die der Hochschuldirektor Fritz Stein im November 1941 für ihn erwirkt, denn Siegfried ist eigentlich zu alt. Eine Karteikarte mit Angaben zu den Eltern, der Frage nach vier arischen Großeltern («Ja») und der Adresse einer ahnungslosen Ehefrau namens Antonia im Südwesten. Und die zehn Sütterlin-Seiten, schwungvoll überschrieben mit «Mein Lebenslauf».

Die Enkelin hat sich immer gewundert. Der denkt mitten im Krieg an Weiterbildung und Neuanfang, so als würde es vollkommen selbstverständlich ein Danach geben, in dem alles weitergeht wie vorher.

Trotzdem würde sie aber Zweifel anmelden, wenn jemand Siegfried deshalb Rationalität zuschriebe. Es ist nur so ein Gefühl. Das Gefühl kam, als sie las, wie er sich in dem «Lebenslauf» zum verhinderten Genie stilisiert – mit einer Larmoyanz, die ihr nicht gefällt. Das Porträtfoto bei den Akten zeigt einen Mann mit aufgerissenen Augen und vergeistigtem Gesichtsausdruck.

Er schreibt von einer Bergidylle, die direkt einem der damals gern gelesenen völkischen Dorfromane entsprungen sein könnte. Die guten, braven Leute dort, die herrlichen Gipfel, die fröhliche Familie, in der er mit musikalischen Eltern, mit Geige und Klavier aufwuchs («donnerstagnachmittags ließ Mutter die Geige singen»). Er berichtet aber auch durchaus gewandt von seinem heimlichen Entschluss, Musiker zu werden gegen den Willen des Vaters, von dem ungeliebten Brotberuf als Lehrer, von der unglücklichen ersten Ehe. Da will er ganz deutlich sein. Er schreibt tatsächlich, in Abwandlung Schuberts: «Der Tod (aller Pläne) durch das Mädchen». O Gott, denkt die Enkelin und ergreift sofort Partei gegen ihn, die arme Frau.

Es folgt angeblich, ein Jahr nach der Hochzeit, ein Nervenzusammenbruch – nicht der Ehefrau, sondern des Ehemanns –, bald darauf vollzieht Siegfried die Trennung, die Unterhaltszahlungen belasten ihn lange. Siegfried spielt Geige, Bratsche, Orgel und tritt als Sänger auf. Er will unbedingt künstlerisch weiterkommen. Als sich eine Gelegenheit ergibt, studiert er eine Zeitlang an der Hochschule für Tonkunst in München, schon das Pendeln mit der Eisenbahn ist ein enormer Aufwand neben dem regulären Beruf, und nach zwei Semestern gibt er die Sache wieder auf. «Verbittert zog ich mich zurück», hinterlässt er der Nachwelt. Er fühlt sich vom Leben schon wieder ungerecht behandelt, und nicht erst jetzt. Im Jahr 1939 reicht er schließlich, nach mehr als fünfzehn Jahren Getrenntlebens, die Scheidung von «der Frau» ein. Die geht dann umso schneller, denn der Nationalsozialismus ist keine Bewegung, die sich mit katholischer Moral aufhält. «Ich war frei», schreibt Siegfried, um gleich darauf von der Gründung eines neuen Hausstands wenige Wochen später, im Herbst 1939, zu berichten. Ehefrau Nummer zwei hat aber nicht viel von ihm und schon gar kein Kind. Elf Tage nach der Hochzeit wird Siegfried einzogen.

Ich war frei, ich war frei – spottet die Enkelin. «Weißt du was? Er kommt mir da vor wie ein Schwindler. Dieses Pathos! Dabei hatte er sogar als alter Mann immer noch ein lustiges Gesicht. Die Pose des tragischen Künstlers steht ihm einfach nicht.»

In Wahrheit wird Siegfried fast zehn Jahre seines Erwachsenenlebens Soldat gewesen sein. Mit neunzehn meldet er sich als Freiwilliger in den Ersten Weltkrieg, zieht mit der 8. Königlich Bayerischen Reservedivision ins Elsass, von dort nach Galizien, wo die Russen stehen, dann wieder zurück in die Vogesen-Kämpfe. Im Juni 1916 wird er schwer verwundet. Für die Infanterie ist er unbrauchbar, er lässt sich zum Munitionsfachmann ausbilden. Am Ende des Krieges ist der Lehrerpraktikant von 1914 ein vielfach belobigter Offiziersanwärter, in dessen Akte allerdings vom Vorgesetzten vermerkt ist, er sei «nicht frei von Dünkel in geistiger Hinsicht».

Siegfried hat einen Hang zu schöner Kleidung, Schals mit Paisleymuster, hellen Trenchcoats. Ohne Anzug würde er nie auf die Straße gehen, noch als alter, aus allem Recht gefallener Mann trägt er zu Hause über Hemd und Hose einen dunkelroten Hausmantel, den er so akkurat bindet wie einen Kimono. In seiner Entnazifizierungsakte wird er 1947 als Mitläufer eingestuft. Eine der Befragten gibt zu Protokoll: «Der begeisterte Lehrer, der große Musikus, der in dauernde Herzensaffären verwickelte, geschiedene und wieder verheiratete Mann hatte kein Interesse und keine Zeit für Politik. Er hasste das gesamte Nazi-Liedgut.» 1938 wird er nach einem Eklat an einer Singschule in R. entlassen, bei der Weihnachtsfeier der NSDAP, die er mit dem Kinderchor gestalten soll, hat er ausschließlich christliche Lieder singen lassen.

Den Eltern am kargen Rand der Berge im Südwesten, die ihm den Nibelungen-Namen gaben, wird er niemals in seinem Leben den Respekt und die Liebe schuldig bleiben. Aber an Heldentum glaubt er nicht mehr. Hat er später, fragt sich die Enkelin, an die Kämpfe bei Lemberg, bei Metzeral und Lubaczow gedacht oder an das Lazarett in Colmar nach der Explosion, die ihn wegriss – so wie an etwas, das man überlebt hat und nach dem einem nichts mehr passieren kann?

Sie stellt ihn sich vor Gericht vor, 1956, ein alter Mann, aber immer noch im hellen Anzug. Vielleicht empfand er seine Gefängnisstrafe als lächerlich und idiotisch, gemessen an den jungen Toten seiner eigenen Welt.

Hat er, als er starb, an die Schlachtfelder im Elsass gedacht und begriffen, dass es nun doch so weit war? Wie weit kommt einer jemals fort von den Schlachtfeldern seiner Jugend?

«Ach Gott», sagt Siegfried auf einmal von irgendwoher, sonst nichts. Und macht die Tür hinter sich zu.

Vielleicht gab es wirklich kein Glück für ihn, das mit dem Gefühl vergleichbar wäre, auf der Orgel daheim in W. zu spielen, diesem riesigen barocken Instrument, in dem man sitzt wie jenseits der Welt. Vorher nicht, nachher nie mehr gab es so ein Glück, aber in diesen Wochen mit Ruth ist es da. Sie ist das Gegenteil seiner früheren Frauen: nicht gebildet, aber selbständig. Sollte ihn noch einmal ein Nervenzusammenbruch ereilen («Was ist das bloß für eine irre Geschichte, Frieder? Was heißt eigentlich Nervenzusammenbruch?»), dann wäre er bei ihr als Krankenschwester jedenfalls in guten Händen. Auch wenn sie ihm womöglich einfach einen Kübel kaltes Wasser über den Kopf gekippt hätte.

Siegfried nimmt sie mit zu den Konzerten seiner Bekannten und Freunde, er führt sie stolz aus in große, feierliche Säle mit unbequemen Stühlen, auf denen sie nicht sitzen kann, ohne unruhig zu werden. Sie langweilt sich unendlich bei Pfitzner und Reger. Ihre Kleider fangen an, am Körper rasend zu kratzen, die Schuhe drücken auf einmal sogar im Sitzen. Sie empfindet reine Qual bei der gespannten Nervosität in der Musik, die Siegfried als Ausdruck seiner Zeit empfindet. Er findet wirklich im System der Fuge einen Ausdruck für sein Lebensgefühl. In seiner Existenz muss so viel Zwangsvernunft wirken, damit er sie erträgt, so viel gesetzte Ordnung. Und doch gehen in irrsinnigem Tempo jetzt das Lernen, die Teestunden bei Kocks, die Bombenangriffe und Ruths junger Körper in seinem Kopf durcheinander. Manchmal geschieht dann so etwas wie eine Verzögerung der Seelengeschwindigkeit. In solchen Momenten meint er, alles um ihn herum sei vollkommen still, tonlos, alle Bewegungen verlangsamt wie in Zeitlupe. Dann hört er ganz deutlich die Musik in sich. Ruth hört Musik nur beim Tanzen oder wenn sie vor sich hin pfeift.

Später, wenn sie nach solchen Musikabenden nach Hause kommen, reißt sie in ihrer provozierenden Art Witze über die tief vergeistigten Männer, mit denen er sie bekannt gemacht hat. Sie wiegen die Köpfe beim Zuhören und folgen der Musik in den mitgebrachten Partituren. Schlappschwänze, sagt sie, nur Noten im Kopf, sonst nichts! Aber sie ist trotzdem fasziniert von dem kühlen Marmor der Hallen, die sie mit ihm betritt, dass er es so ernst mit ihr meint. Und dann schaut er sie an, wie damals, als sie sich zum ersten Mal trafen. Ihr Blick reagiert auf ihn, und sein schon älteres Herz klopft wie bei einem jungen Mann.

Er legt tatsächlich den Kopf schief wie beim Anblick eines bezaubernden Kindes. Sein Blick ist ganz weich und verzückt. Diesen Blick vergisst sie nicht, dieser Blick ist, als würde sie auf Händen getragen. Er wird jetzt ihr Glück, ihr Glücksstern, wie in dem Schlager, den sie im Adlon gehört hat.

Denkt sie damals.

Siegfried ist beim Musizieren nicht besonders ideologisch. Er kann selber auch Schlager – o Gott, was würde Grabner dazu sagen! –, mit Halstuch am Klavier, sehr elegant. Schmissig, wie man sagt. Wenn sie seine Bekannten Schlappschwänze nennt, muss er es ihr gleich beweisen, er wird erregt, drückt sie in ihrem Abendkleid an die Wand, das gefällt ihr, aber sie lacht dabei so, dass man auch denken könnte, sie lacht ihn aus.

«Mein Engel», flüstert Siegfried Engele.

Ruth hatte eine kleine Zahnlücke vor dem linken Eckzahn, man sah sie nur, wenn sie lachte. Sie hatte ein kleines Haifischgesicht. Nur viel schöner.

Am 8. Juli 1942 wird bei einem Vortragsabend im Theatersaal der Musikhochschule in der Fasanenstraße Siegfried Engeles «Variation über ein Originalthema für Klavier» uraufgeführt, zwischen Liedern von Brahms und Schubert. Siegfried sitzt in der ersten Reihe und riecht nach teurem Rasierwasser, Ruth neben ihm, er reckt das Kinn vor und ist so stolz, dass er sich fast verschluckt. Knapp neun Monate später wird Clara im Monikastift in Berlin-Lankwitz geboren.

Clara glaubt, was man in der Familie erzählte: 1942 ist abzusehen, dass Ruth als Krankenschwester an die Front geschickt werden könnte, und deswegen machen die beiden schnell ein Kind. Demnach wäre es nicht atemberaubende Verliebtheit, sondern atemberaubende Rationalität, Clara das Werk zweier kühner Akteure, die alles, nur keine Familie planen, aber sich am Ende in der Lage wiederfinden, Eltern zu sein, und daraus – weder unglücklich noch besonders enthusiastisch – die Konsequenzen ziehen: Heirat, bürgerliches Leben, Umzug in seine Heimat. Es passte zu der Brutalität, mit der Ruth ihren Ehemann später behandelte. Es wirkte glaubhaft.

Für die Nachfahrin klingt diese Sache jetzt mehr nach purem Leichtsinn, nach berauschtem und vielleicht sogar besoffenem Überschwang.

Niemand hat Clara je gesagt, dass es dieser Überschwang des Glücks war, das ihr auf die Welt verholfen hat. Sie hielt ihre Existenz zeitlebens für ein Mittel zum Zweck, für einen Mangel an Romantik. Für eine grausam berechnende Überlegung. Und Ruth konnte wirklich grausam sein.

Wenige Monate nach der Aufführung von Siegfried Engeles Komposition und der mutmaßlichen Zeugung von Clara bringt sich im November 1942 Hugo Distler in seiner Berliner Wohnung um, er dreht einfach den Gashahn auf. Hermann Grabner lebt noch lange genug, um mitzubekommen, wie Glenn Gould 1963 die Fuge feiert, nämlich mit der von vier Sängern vorgetragenen, schreiend komischen und ebenfalls als Fuge geschriebenen Kompositionsanleitung «So you want to write a fugue?». Da fehlt doch der nötige Ernst, murrt Grabner.

Die Enkelin hat gedacht, die Liebe passiert einem nur mit zwanzig, bestenfalls noch in den Dreißigern, und sie hätte es jetzt endlich wirklich hinter sich, wäre abgedorrt, gefühlsberuhigt, reif für die Anschaffung einer Zweizimmereigentumswohnung, aber das war wohl etwas optimistisch. Alles, was sie sich abgewöhnt hat, ist wegen Frieder plötzlich wieder da. Sie ist schon allein von seiner Gegenwart begeistert, seine Schweigsamkeit macht sie heiter, seine Frechheit gegenüber der Welt findet sie hinreißend ansteckend. Sie kannten sich noch nicht lange, da sah sie ihr Spiegelbild einmal in einem Hotelzimmer, gerötete Gesichter zwischen zerwühlten weißen Kissen. Dieses Bild kam ihr so stimmig vor, wie selten etwas richtig war in ihrem Leben.

Aber schon dieses «Zusammen-alt-Werden», das ihr in den Sinn kommt. Sie merkt es sofort, wenn sie in Floskeln denkt, und sie hasst es. Alt werden will ich nicht mal mit mir selbst, randaliert der Ruth-Erbteil in ihr. Sie gibt ihm nach, schüttelt die Romantik ab und stattdessen grimmig den Kopf über den Quatsch, den sie sich da ausdenkt. Bei «Zusammen-alt-Werden» kommen ihr außerdem sofort Ratgeberbücher in den Kopf mit Titeln, bei denen man besser gleich stirbt, statt sie vorher noch zu lesen. «Älter werde ich später» heißt eines von Iris Berben. Das ist sehr clever, denn es klingt nach einer Frau, die so Tüdeldütü im Vorbeigehen mit dem Hermès-Seidentuch wedelt, als sei sie viel zu superbeschäftigt, um sich mit dem Alter aufzuhalten. Dabei hält es einen sehr wohl auf. Man muss mehr Mühe darauf verwenden, wie man selbst auszusehen. Beziehungsweise nach der Person, die man mit fast ebenso viel Mühe irgendwann am Ende der Pubertät für sich erfunden hat. Sie ist nur gespannt auf den Moment, in dem sich ihr Selbstbild nicht mehr aufrechterhalten lässt. Noch kann sie darüber kichern. Aber wird sie dann eines Tages vor dem Spiegel in Einzelteile zerfallen wie das Klapprad ihrer Kinderfreundin Sabine, das in voller Fahrt in der Mitte die Schraube verlor? Und wird ihr der Himmel vorher ein Zeichen schicken, damit sie dann langsam fährt und nicht so ein Tempo draufhat wie die eilige Iris Berben? Sabine hat es damals ganz schön zerlegt.

Der Himmel schickt aber keine Zeichen, womit wir wieder bei der Geschichte sind, die sie erzählt – ihm, dem Mann am Telefon, den sie vorhin gerade als «Affäre» kategorisiert hat. Sie ist entschlossen, zumindest für die nächste halbe Stunde daran festzuhalten.

Draußen im Hinterhof des Münchner Mietshauses geht das Licht an, das mit einem Bewegungsmelder funktioniert. Die Tür zum Fahrradkeller wird zugeknallt. Der Lärm der vierspurigen Straße vor dem Vorderhaus dringt durch. Nein, ihre Wohnung ist nicht sehr romantisch. War als Provisorium gedacht, blieb es. Ihre schlaflosen Nächte sind strukturiert vom An- und Ausgehen des Lichts im Hof und von dem ab- und wieder anschwellenden Verkehr auf der Straße, an dem sie die Uhrzeit erkennen kann. Nachts um zwei ist es am stillsten. Gegen vier kommen die ersten Transporter mit Schweinen, die zum Schlachthof gefahren werden. Wenn sie an der Ampel halten, breitet sich der verschwitze Angstgeruch der Tiere über die Straße aus. Wegen dieses Geruchs isst sie kaum noch Schweinefleisch. «Ich weiß nicht mal, wie es bei dir aussieht», sagt sie ins Telefon. Wie es in ihm aussieht, fragt sie besser gar nicht. «Unaufgeräumt», antwortet er, und es klingt sehr zufrieden. Sie hat manchmal den Gedanken, dass er deshalb zufrieden ist, weil er sie fernhalten kann.

Wenn sie reden, sitzt er an einem Arbeitstisch mit seinen Fotografien, die sie nicht kennt, hat das Telefon am Ohr. Eigentlich will sie jetzt auch nur deshalb weiter von Ruth sprechen, weil es dann so ist, als würden sie beide wieder in einem Zimmer in Berlin auf dem Bett liegen und reden. «Vielleicht hätte sie dich gemocht», sagt sie, «vielleicht aber auch nicht. Sie war schwer berechenbar.» Und später im Leben wurde sie geradezu bösartig, setzt Lotte für sich noch dazu.

Gut. Jetzt kommt also die Zeit der Glorie, die in allen Prilblumenfarben strahlenden siebziger Jahre. Hör also zu, mein lieber Freund, mit dem ich nicht alt werden will.

Das Haus, das der Vater 1971 für die Familie gebaut hat, war eines mit Dachschrägen in den Zimmern des ersten Stocks, dort schliefen Lotte und der kleine Bruder unter den warmen Holzwänden in einem Zimmer. Wenn Ruth im Haus übernachtete, was oft vorkam, legte sie sich eine alte Matratze zwischen die beiden Kinderbetten. Sie schlief in einem dünnen Nachthemd, das sie im Sommer öfter auszog, vielleicht war sie in der Hitze der Wechseljahre. Sie hatte einen prallen Bauch und graue Haare, sie schnarchte manchmal, und sie roch leicht tranig, aber nicht unangenehm. Wenn eines der Kinder nicht schlafen konnte, rollte es sich einfach hinunter auf die Matratze, wo es immer warm war und jemand lag, der verlässlich und mütterlich war wie ein Tier.

Die Sommer dieser Kindheit waren heiß, manchmal schmolz der Asphalt an einigen Stellen, und es schmatzte beim Darüberfahren unter den Fahrradreifen. Herr Wendt konnte ein Messer auf seinen Bizeps fallen lassen, ohne sich zu verletzen. Weil der Muskel so gewaltig ist, sagte er. Herr Wendt arbeitete bei der US Army und sonntags als Mesner in der Kirche, neben der das neue Haus steht. Die Eltern haben ein großes Grundstück gekauft und darauf gebaut, am Rande einer süddeutschen Kleinstadt und mit Ausblick nach Westen, oberhalb einer kiesigen Flussebene. Alles ist größer als im alten Haus. Der Rasen muss noch wachsen, sagt der Vater, wenn er abends nach Feierabend seine Aufträge und Reißbretter mit den technischen Zeichnungen hinter sich lässt, eine alte Cordhose anzieht und im Garten arbeitet. Manchmal setzt er auch einen Hut auf ohne Jacke dazu und schlendert in diesem Aufzug über das Grundstück, wie ein zufriedener Bauer, der über das Feld geht. Wenn er dann etwas entdeckt, das nicht stimmt, sagen wir einen Defekt an einer der über das Grundstück verteilten Außenleuchten, die dekorativ die Wiese anstrahlen und ein indirektes Licht werfen sollen, kann er völlig aus dem Häuschen geraten und richtig schreien vor Wut. Mit seinem Hut aus Cord auf dem Kopf.

Es tut mir leid, sagt sie, weil sie nicht will, dass Frieder jetzt einen falschen Eindruck bekommt, ich liebe meinen Vater wirklich. Er war in seinem plötzlichen Zorn furchteinflößend, aber immer auch ein bisschen lächerlich. Ich mag bis heute diese Art Cordhosen.

Solche Abende riechen nach Gras und Feuchtigkeit, die Kinder bekommen Grießbrei mit Kirschkompott und essen bei offener Verandatür, hinterher wollen sie trotzdem noch mal raus, obwohl es schon dämmert. Sie besitzt zwei Hasen, die tagsüber frei herumlaufen dürfen und jeden Abend auf dem großen Grundstück wiedergefunden und eingefangen werden müssen. Es ist eine Freiluft-Idylle, nach der sie später zeit ihres Lebens Sehnsucht hat und die sie in der Erinnerung schönt. Das weiß sie, aber es ist ihr egal. Sie hätte es gerne so, bitte schön. (So baut sie sich eine Heimat, die es in Wirklichkeit nie gegeben hat. Sie würde wetten, ihre Brüder machten es genauso. Aber wenn es überhaupt so etwas wie ein Zuhause gab, dann waren es diese Sommer. Geschönt oder nicht.)

In diesen Jahren half Ruth als Großmutter ihrer Tochter Clara viel im Haus, ohne dass es dafür einen den Kindern ersichtlichen Grund oder eine Regelmäßigkeit gab. Sie kam und ging, wann sie wollte, manchmal blieb sie tagelang, manchmal fuhr sie schon abends wieder mit dem Linienbus nach Hause. Ihre Teilnahme am Familienleben hatte Folgen. Sie schrieb in dieser Zeit unter anderem sagenhaft obszöne, anonyme Drohbriefe an Lehrer, die von den Kindern verlangten, dass sie vor der Schule ohne Frühstück zur Messe gingen. Kinder ohne Essen aus dem Haus zu schicken widersprach allem, was sie in der Schwesternausbildung als vernünftig und richtig gelernt hatte. Außerdem fand sie es bigott und scheinheilig. Die Heftigkeit ihres Hasses hatte Gründe, von denen die Enkelin nichts wusste, die oft darüber erschrocken war. Auf jeden Fall machte Ruth es einem vollkommen unmöglich, dass man einfach ein normales Kind wie die anderen in der Klasse war. Dabei wäre Lotte nichts lieber gewesen als unauffällig.

Von der Ehe ihrer Tochter hielt die Großmutter damals erst recht nicht viel. Sie fand den Schwiegersohn, der den Wohlstand gebracht hatte, ungehobelt und die Tochter zu schwach für das Leben, eine Einschätzung, die von Ratschlägen und Zurechtweisungen begleitet wurde, was der Ehe nicht förderlich war. Unglücklicherweise hatte Clara außerdem fast die gleiche Handschrift wie ihre Mutter und wurde von den Lehrern bezichtigt, die Drohbriefe verfasst zu haben.

Es gibt noch etwas, das nicht ins Bild des friedlichen Wohlstands passt. Wenn die Großmutter mit ihrer Tochter und den Enkeln zum C&A in die Stadt fährt, weil man die schnell wachsenden Kinder ständig neu einkleiden muss, entdeckt Clara zu Hause voller Entsetzen, dass Ruth schon wieder Sachen geklaut hat und sich mit einem leicht irren Lachen in diesem Erfolg aalt. Wenn sie nicht klaut, kommt es auch vor, dass sie eine Schere mit ins Geschäft nimmt und Löcher in die Sachen schneidet, die sie in der Umkleide hat, und das Ganze dann wieder an den Kleiderständer hängt. Nichts ist für Clara schlimmer als die Vorstellung, mit der zerstörungswütigen Mutter erwischt zu werden, für die sie sich sowieso schon so oft schämt.

Du liebe Güte, kommentiert Frieder, eine klauende Oma! Das wäre heute etwas für die *Bild*-Zeitung. Zum Glück gibt es in den Geschäften noch keine Videoüberwachung.

Über den gemeinsamen Einkäufen liegt eine verkrampfte Stimmung, auch wenn Ruth vor Begeisterung vollkommen hingerissen sein kann, wenn ihre Enkelchen aus der Anprobe kommen. «Zucker!», ruft sie, «Zucker!» – und daraus spricht die reinste Liebe. Aber manchmal gerät Ruth auch in dem schicken Haus ihrer Tochter völlig außer sich und brüllte der Enkelin zu, fast ohne sie wirklich zu sehen und immer noch berlinernd: «Mach bloß keine Kinder, wenn du groß bist! Kinder! Wie kann man nur so bescheuert sein!» Nach so einem Auftritt verschwand sie meistens in der Waschküche im Keller, wohin sie auch öfter ging, um «eine zu stauben», wie sie sagte. Das Rauchen hat sie immer wieder aufgeben wollen, aber es nie ganz geschafft. Da unten war sie für sich, sie bügelte, wusch und rumorte herum wie in einer nur von ihr und dem Weißen Riesen bewohnten Hexenküche. Sie sang dort auch alte Schlager und machte in ihren bequemen Sachen – sie bevorzugte in ihren Fünfzigern abgeschnittene Hosen und T-Shirts aus braunem Jersey – ein paar Tanzschritte. Puppchen, du bist mein Augenstern. Sie war nicht mehr jung, mit herzloser Frisur und wahrscheinlich sehr einsam, aber sie träumte immer noch von sich selbst als jungem Mädchen. Von dem frechen Ding, das jeden Mann haben konnte, wenn sie es nur wollte. Und wie sie gewollt hat!

«Die ganze Emanzipation handelt davon, dass du als Frau etwas wollen darfst», findet Frieder, und damit hat er natürlich vollkommen recht. Sie könnte ihn küssen für diesen Satz. Aber was machst du dann, wenn du dich das Wollen traust, wenn du allein fortgehst in die Stadt, während die anderen Mädchen den vorgezeichneten Weg nehmen? Was machst du, wenn du also diese ganze Kraft aufbringst und sich dann unter deinen Augen alles Gold in einen Fluch verwandelt, in eine Last, sogar in Schuld und Scham? Schämst du dich dann dafür, dass du etwas gewollt hast? Oder dafür, dass du für eine Liebe gegen jede Vernunft alles liegen- und stehengelassen hast?

«Ja», sagt sie, «Ruth wollte etwas, und sie hat es bekommen. Sie hat mehr gewollt als andere, mehr in Bewegung gesetzt, und sie hat tatsächlich auch viel mehr bekommen, wenn auch nicht so, wie du dir das jetzt denkst. Sie hat einfach mehr in die Fresse bekommen.» Lotte ist sich nicht sicher, ob sie von ihr das Wollen oder das Nichtwollen gelernt hat.

Clara entscheidet sich für das Wollen. Sie will, mehr als alles andere, ein normales Leben führen. Sie will am liebsten mit ihrer ganzen Person in Normalität verschwinden. Und das macht sie dann auch. Clara lernt ihren späteren Ehemann Mitte der Sechziger beim Tennis kennen. Sport ist chic, wird aber keinesfalls übertrieben. Das Skifahren zum Beispiel dient vor allem dem trinkfreudigen Aufenthalt in verschneiten Hütten und dem Gefühl von Geschwindigkeit. Clara fährt vielleicht ein wenig schneller, als sie es unbeobachtet tun würde. Sie, die immer Blasse, hat vor Aufregung und Kälte rote Bäckchen; sie hat eine flauschige weiße Eskimomütze auf, die ihr Gesicht umschließt und von der zwei Kordeln mit niedlichen weißen Bommeln herabhängen. Das Erhitzte steht ihr zauberhaft. Der spätere Ehemann besitzt nicht nur ein Auto, sondern auch eine Retina-Kamera, die viel bessere Fotos macht als Handy-Selfies, aber im Prinzip demselben Zweck dient. Allerdings hat der Fotograf zudem einen Blick für Inszenierung, seine schwarzweißen Bilder sehen manchmal aus wie Standfotos von Nouvelle-Vague-Filmen. Ihr erster gemeinsamer Tennisclub war ein Ort zum Spaßhaben, Trinken, Über-die-Stränge-Schlagen, die Mädchen tragen Caprihosen und dicken Lidstrich. Als sie älter und reicher geworden sind, ziehen sie von der Stadt in den Vorort, einen Tennis-Club gibt es auch dort.

Doch die Leichtigkeit ist vorbei. Der Club bietet vor allem die mit dem Mitgliedsbeitrag erkaufte Bühne für das Schaulaufen und Sichmessen, und denk nicht, dass wir nur vom Bälleschlagen auf dem Platz reden. Die frühen Siebziger machen den Mittelstand zur Leistungsgesellschaft, denn von nun an spielt Geld paradoxerweise eine dringlichere Rolle als zu der Zeit, in der keiner welches hatte. Jetzt haben alle Geld. Wer Erfolg hat, will Wohlstand *und* Lässigkeit ausdrücken. Die Ausstattung ist teuer erkauft, aber unerlässlich, wenn man mithalten will.

Die Kinder werden in diesem Milieu des neuen Wohlstands, ob es ihnen passt oder nicht, nach den neuesten Erziehungsratgebern behandelt, das «Drama des begabten Kindes» steht in den Bücherregalen, außerdem liest man Updike und den *Playboy*. Der Zeitgeist verlangt Sexyness, auch da gibt es die passende Beratungsliteratur. Sogar in der Kleinstadt haben die Leute jetzt Hosen an, die im Schritt eng anliegen, und große bunte Muster auf den Krawatten und Kleidern. Einige Männer tragen weiße Hosen und Slipper zur Schau, als wären sie in Saint-Tropez und nicht in diesem von den vielen Traktoren immer etwas staubigen Ort, in dem sich die Jugend vom Hinterland herumdrückt und ihre Mofas vor der Eisdiele Montanara parkt.

Dass dann doch nichts läuft, liegt allerdings daran, dass die einigermaßen Erfolgreichen nichts lieber wollen, als in Ruhe im Garten unter dem Sonnenschirm zu liegen. Das, was die Frauen hier absolut nicht brauchen können, ist noch ein Mann, um den sie sich kümmern müssen. Und die Männer, die sich seit ihrer Junggesellenzeit kennen, würden zwar alle gerne einmal mit einer aufregenden neuen Frau schlafen, aber die Betreffende garantiert nicht «Sex-Partnerin» nennen, wie es die Zeit vorsieht, aufgeklärt, wie sie jetzt ist. Außerdem kommt triebhemmend hinzu, dass sich hier in den neuen Häusern der Kleinstadt keiner eine Scheidung leisten könnte, wenn eine Affäre auffliegt. Moralisch nicht und finanziell schon gar nicht. Sie denken an die Buchhaltung für die Zahnarztpraxis, an die Kalkulation für den nächsten mittelgroßen Auftrag, an die Putzfrau und ob sie die Pille genommen haben. Aber aus den sorgfältig gepflegten Schwimmbädern im Garten, die nachts beleuchtet sind, kommt dieses hypnotisierend schöne Blau, eine Bewegung aus Wellen und Schatten. Mondäne Träume sickern in den Schlaf der Provinz.

Und an diesen Träumen muss es liegen, dass damals Bücher verkauft werden wie das eine, das dem Kind eines Tages in die Hände fällt. «Was macht eine Frau GIB?» heißt der Titel. Hinter GIB (in Versalien) steht ein Kreuzchen wie bei einer Fußnote, und es liefert unten auf dem Umschlag die

Auflösung, so als wäre GIB ein fast allen bekanntes Kürzel, das hier nur noch denen von hinterm Mond enthüllt wird, denn es bedeutet: «Gut im Bett». Gut im Bett heißt für das Kind ganz einfach, dass es sich auf einer Matratze ordentlich mit Schwung hüpfen lässt, aber es ahnt, dass hier etwas anderes gemeint ist. Auf dem Buchumschlag liegt eine junge Frau mit zerwühlter Frisur.

Unbemerkt von den Erwachsenen wird das Kind, das gerade noch sämtliche Hanni-und-Nanni-Bände verschlungen hat, von nun an zum Mitleser der seltsamen, mehr oder weniger offen herumliegenden Ehe-Belebungs-Lektüre der Eltern. Neugierig blättert es in «Rowohlts indiskreter Liste», einmal sogar staunend im *Playboy*, der gelegentlich herumliegt.

«GIB» also. Was für ein Klemmwort!, sagt Frieder. Hat ihre Mutter versucht, das zu lernen, gut im Bett zu sein? So wie man Kochen lernt? Um einem Mann zu gefallen? Wer hat damals das Buch gekauft? Sie kommt sich vor, während sie das Frieder erzählt, als müsste sie die Mutter im Nachhinein noch verteidigen gegen diese absurde Vereinnahmung und zur Vernunft bringen. Sie glaubt, nein, sie weiß es sogar schon als Heranwachsende, dass bei dieser Art der Selbstoptimierung ein gravierender Fehler vorliegt. Erst als im Haushalt Erica Jong und ihr ironisches, zutiefst feministisches Buch «Angst vorm Fliegen» auftaucht, ist die inzwischen zum Teenager gewordene Tochter endlich mit der Lektüre der Mutter zufrieden. Aber dann auch gleich wieder enttäuscht, denn die Mutter hat das Buch ganz offensichtlich nicht verstanden, auf jeden Fall macht sie weiter wie bisher, serviert minutengenau das Essen, bedient alle, ist eine Instanz, an der keiner vorbeikommt, zumindest kein Mann, der seine Versorgung anderen überlässt. Es ist fürchterlich verwirrend. So will sie später nicht leben, schwört wieder sie. Wenn sie die Mutter auffordert, das zu ändern – und sie tut es in bester Absicht, heilige Erica, sei mein Zeuge! –, fühlt die sich angegriffen. Es hilft trotzdem nichts, unter feministischen Gesichtspunkten, von denen die Tochter dank der Bücher und natürlich dank Ruth inzwischen wirklich etwas versteht, ist die Situation eine Katastrophe.

Endlich, endlich beginnen die Achtziger, und die Bücher über Sex werden zu Hause seltener. Stattdessen liegt jetzt Peter Handke im Wohnzimmer herum, den der Vater liest und die heimlich mitlesende Tochter auch. Die Mutter kauft Luise Rinser, eine Geschichte über die Nonne Heloïse und ihren Geliebten Abelard, der entmannt wird, aber ihre Liebe währt ewig. Und «Freispruch für Medea» von Ursula Haas. Rinser liest die Tochter nicht, und ein Buch, in dem es irgendwie darum geht, dass die Kinder wegmüssen, findet sie als Tochter zweifelhaft. Wegen der Bücher schlägt sie sich also zum ersten Mal auf die Seite der Männer, sie liest die Vater-Bücher. Handke ist anders als alles, was die Mitleserin sich zuvor unbemerkt vom Tisch nahm. Verglichen damit ist er nämlich, bei aller Provokation, die er so gerne fabriziert, eine Lektüre der Unschuld.

Ich glaube, sagt sie zu Frieder, dass die Sehnsucht nach Unschuld damals ein mächtiges Gefühl war, nur nicht dort, wo die angeblich heile Welt war, also in der Kleinstadt. Vielleicht ist das auch der Grund, warum die ganzen menschenfreundlichen Utopien, die Hippies, die Friedensbewegung, die Gleichberechtigung, in der Provinz erst eine Rolle spielten, als sie Teil der Konsumwelt geworden waren. Es gab keine natürliche Sehnsucht danach, man sagte sich jeden Tag vor, es ist doch alles in Ordnung. Schau, wie herrlich das Wetter ist! Aber in Wirklichkeit ist Unschuld doch etwas gewesen, das es fast nicht mehr gab, die Grünen haben sie dann neu erfunden mit ihrem Einsatz für den Planeten, den Frieden und die Regenwürmer. Vielleicht brauchte weniger der Planet die Grünen als wir das Gefühl der Unschuld, das uns der Naturschutz zurückgab, und das Gefühl, dass man tatsächlich etwas retten kann. Unschuld war vielleicht auch nicht gerade das, was die Nazis hinterlassen haben, wirft Frieder ein. Ja, stimmt genau, sagt sie, aber schau mal, das ging doch noch viel weiter. Es war doch ein Leben, in dem man jederzeit auf die atomare Vernichtung gefasst sein musste. Deutlicher als während der Kuba-Krise konnte das doch gar nicht werden. Du lebst damit, dass es jederzeit losgehen und vorbei sein kann.

Und jeden Tag Tiefflieger zur Erinnerung. Man zuckt immer zusammen, denn man hört sie erst ganz kurz, bevor sie die Schallmauer durchbrechen. Ein schnelles Wiiiieeh und dann der Knall, den man im Zwerchfell spürt. Das kannst du als Kind gar nicht mitbekommen haben, behauptet Frieder und nutzt mal wieder die Gelegenheit, um mit den paar Jahren anzugeben, die er älter ist. Dabei kommt es ihr immer so vor, wenn sie zusammen sind, als ob sie absolut gleichaltrig sind, und zwar ungefähr neunzehn. Knapp volljährig, aber nur ganz knapp.

Von wegen, mein Lieber, denkt sie, du hast ja überhaupt keine Ahnung. Wo warst du eigentlich in den Achtzigern? Hast du dich vorsichtshalber in einem Buch verlaufen? Auf einem anderen Planeten? Irgendwo ohne regelmäßige ABC-Alarme in der Schule, Sirenengeheul und die kaum zu verdrängende Frage, was passieren würde, wenn es keine Übung wäre?

Der Vater, Naturwissenschaftler, hatte auch darauf eine erschreckend präzise Antwort, wenn auch keine, die wirklich weiterhalf. Wir sind hier so nah an der Abhörstation der Amis, die Russen haben uns garantiert voll im Visier. Da musst du dir gar keine Sorgen machen über Strahlenkrankheit und Siechtum. Die Bombe fällt, dann kommt die Druckwelle, und dir platzt die Lunge. Das geht ganz schnell. Du bist weg, bevor du etwas mitbekommst.

Wie fühlt es sich an, wenn die Lunge platzt? Und was würde sie spüren, wenn dieser Moment gekommen war? Ganz zu schweigen von dem entsetzlichen Augenblick, wenn der Tod vorbei ist und entweder die Ewigkeit oder das Nichts beginnt, beides gleich horrend. (Und versuche, über so etwas mal zu reden als Kind in dieser Familie. Die lassen dich glatt einweisen. Tatsächlich habe ich damals wieder das Gefühl gehabt, dass mit mir etwas nicht stimmt.)

Es gibt noch mehr beunruhigende Dinge. 1975 ist eines Tages ein Mann durch die Hauptstraße gefahren und hat versucht, Kinder auf dem Heimweg von der Schule in sein Auto zu locken. Und einmal, 1972, ist in der nächsten größeren Stadt ein junger Mann erschossen worden, der ein Terrorist war. Die Leute in der Kleinstadt nahmen ihre Kinder beiseite und machten ihnen Angst, damit sie vorsichtig werden. Sie schilderten ihnen, was so ein Mann mit ihnen tun würde, wenn sie zu ihm ins Auto stiegen. Und sie erzählten ihnen von den Terroristen, die voller Hass Leute entführten und töteten, Leute die Geld hatten, Leute wie die Väter der Kinder aus der Kleinstadt. Alle hatten damals tatsächlich Angst oder waren doch zumindest besorgt.

In dem Land ihrer Kindheit wohnte in jener Zeit ein schwarzes Monster. Vor dem liefen doch auch die Au-pair-Mädchen davon, zurück nach Frankreich. Jedenfalls nahm sie an, dass Brigitte, Monique und Nadja das Monster gesehen hatten, denn jede von ihnen war eines Tages einfach weg. Sie fand es immer schade, wenn wieder eine fort war und nur die Erinnerung an eine lange braune Lockenfrisur und vielleicht ein Rezept für Huhn zurückgelassen hatte. Ihr selbst war das Monster nie begegnet, nur seine Gehilfen, die Skelette, die nachts im Haus hinter den Türen lauerten, nahm sie wahr, und dafür brauchte sie sie noch nicht einmal sehen. In der Kirche neben dem Haus ist an der Decke der sanfte Jesus Christus auf der Weltkugel gemalt, auf der anderen Seite der Erde steht der Tod als augenloses Skelett. Morgens nach solchen schlaflosen

Angstnächten lief sie todmüde, aber verlässlich wie ein kleiner Automat zur Schule. Dann vergingen die Jahre, und das Monster vergaß sie allmählich. Vielleicht schlief es ein, weil es genauso müde war wie sie. Mit fünfzehn Jahren konnte sie sich eines Tages sagen, dass das Monster offensichtlich fort war und sie ohne Angst schlief.

In dieser Nacht aber liegt die Enkelin wach. Sie hört ihr Herz gemächlich schlagen. Sie sollte wirklich schlafen, um sechs Uhr schon wird sie sich in eine S-Bahn voller Menschen mit Rollkoffern quetschen und dann in ein Flugzeug, das in eine so strahlend helle Höhe aufsteigt, dass ihre Müdigkeit verzischt. Allerdings nur für die Dauer des Flugs. An solchen Tagen ist sie künstlich aufgekratzt, dafür macht ihr das Fliegen besonders rote Flecke ins Gesicht, und wenn es dumm läuft, auch noch tränende Augen. Lotte passiert es in diesem Zustand manchmal, dass sie vollkommen vergisst, ihrem Interviewpartner zuzuhören. Hingebungsvoll schaut sie dann der Bewegung eines Mundes zu, froh, dass sie wirklich hier und dieser merkwürdige Vorgang nach Plan gelaufen ist, bei dem ihr Körper – am besten macht man gar nicht den Versuch, das für wirklich zu halten – in kürzester Zeit quer durch das Land befördert wurde. Der redende Mund ist möglicherweise fleischig oder auch breit und schmallippig, und er gehört vielleicht einem Regisseur oder einem Politiker. Der

Mund sagt etwas, und wenn sie Glück hat, lächelt er. Lächeln macht sie immer misstrauisch. Dann ist sie schlagartig wieder da.

Lotte hat Frieder das Foto von Ruth in dem sensationellen grünen Kleid gemailt, das sie mit dem Handy aus einem Album abfotografiert hat. Was fand sie bloß an ihm, fragt er, und meint Siegfried. Wenn sie so viel jünger war und so viele Männer hatte – warum dann ausgerechnet er? Die Uniform des Hauptmanns der Reserve?, schlägt er vor. Oder brauchte sie einen Beschützer?

Ein Mädchen kann nie genug Kleider und Beschützer haben, schon klar, hat sie in ihrer nächsten Mail zurückgemotzt. Aber trotzdem kommt sie schon wieder in Erklärungsnot. Einerseits ist das eine irre Vorstellung – dass ausgerechnet Ruth, die Unabhängige, sich einen Beschützer suchen könnte. Und dann auch noch einen Siegfried mit Klavier. Andrerseits – was weiß sie denn schon? Was weiß sie wirklich von damals? Es gibt Fotos, aber sie ergeben, wenn man bedenkt, was später geschieht, kein Bild.

Warum bleibt man bei jemandem? Die Enkelin stellt sich ernsthaft diese Frage, denn sie weiß immer noch nicht umzugehen mit ihrer Empfindung für diesen Mann, dessen Hände ihr so wohltun und dessen Leib sie so liebt. Mit ihm kann sie eine Straße so ungezwungen entlanggehen, als wäre sie allein oder mit einem Freund aus ihrer Kindheit unterwegs. Sie erkennt sich selbst wieder, wenn sie mit ihm zusammen geht.

Sie fühlt mit Frieder nicht diese Art Taubheit, die sie sonst in Gegenwart anderer Menschen befällt. Kein ständiges Prüfen, ob sie alles richtig macht oder fett aussieht oder zu groß im Zimmer steht. Kein Einüben einer Rolle, die ihr zugedacht ist, die sie sich vielleicht sogar selbst auferlegt, weil sie eine vage Erwartung spürt.

Sie weiß, es ist eine schreckliche Art Unterwürfigkeit, die Erwartung der anderen erfüllen zu wollen. Dass sie es merkt, macht es noch schlimmer. Am schlimmsten ist es, wenn sie ihr eigenes Gesicht in solchen Momenten zufällig in einem Spiegel sieht, in einem Restaurant mit anderen zusammen vielleicht. Das geschieht manchmal aus Zufall, manchmal weil sie sich quält und dieses Spiegelgesicht regelrecht sucht. Sie hasst dann die Person, die sie dort sieht, mit aller Kraft. Aneinandergereiht würden diese Spiegelbilder über die Jahre eine Galerie aus Hass ergeben.

Auch die Vorfahren, die ihr ständig im Kopf herumgehen, seit sie von ihnen erzählt, kommen ihr jetzt öfter vor wie falsche Spiegelbilder. Sie gehören zu ihr, sie entwickeln die Tendenz, sie zu vereinnahmen, wie schmatzende Zombies, aber bei dem Gedanken muss sie dann auch wieder lachen.

Bedrohlich sind Ruth und Siegfried nun wirklich nicht als Tote. Siegfried trägt einen hellen Anzug und Hut und dirigiert mit großen Bewegungen auf einer Sommerwiese ein imaginäres Orchester. Ruth fährt in der Straßenbahn vorbei, hat ein weiches, glückliches Gesicht und auf dem

Kopf einen orangefarbenen Turban. So habe ich sie nie gesehen, aber so habe ich einmal von ihr geträumt, kurz nachdem sie gestorben war, denkt Lotte.

Sie geht in diesen Wochen oft laufen am Fluss. Sie versucht, sich über etwas klarzuwerden. Nach vier Kilometern beginnt ein Waldweg am Ufer, die Leute werden weniger, schließlich läuft sie unter dem Autobahnring durch, «Rome» steht gesprayt auf dem Betonträger. Wenn man noch ein wenig weiterläuft, hören die Verkehrsgeräusche auf. Das Wasser fließt grau neben ihr her in die gleiche Richtung. Sie ist allein, es fühlt sich vertraut an. Und doch ist es, seit Frieder da ist, nicht mehr so wie früher.

Den Verzicht, den Ruth gepredigt hat, hat die Enkelin gründlich gelernt. Kein Mann ist es wert, dass eine Frau sich abhängig macht. Sicher ist sicher. Aber es kommt ihr auf einmal absurd und dumm vor.

Eines Tages schließt sie da oben am Fluss einen Kompromiss mit sich: Ich versuche es. Du bist meine letzte Liebe, Frieder. Wenn sie endet, bin ich fertig damit.

Und dann, weißt du, was dann kam?, flüstert ihr das Teufelchen zu, das sich anscheinend vernachlässigt fühlt. Nach der Aufführung von Siegfrieds Komposition, die ich kompliziert fand, aber die nach Ansicht der Professoren zu so großer Hoffnung Anlass gab? Nach den herrlichen, unvergleichlichen Lichtern Berlins? Was kam, nachdem wir so schnell ein Paar geworden waren? Und was für ein schönes Paar wir waren! Ach …

Ja, Lotte weiß ganz genau, was kommt. Was kommt, ist der Umzug in Siegfrieds Südwesten. Ruth wird verpflanzt, und die Weltmeere könnten gut und gern steigen, weil ihr Widerwille dagegen binnen kurzem die Gewalt von Gezeiten annimmt.

Man darf das nicht zu wichtig nehmen, sagt sie zu Frieder, als sie am Abend telefonieren. Widerwille hin oder her, meine Güte. Sie hat den Arbeitstag nach der schlaflosen Nacht hinter sich gebracht und liegt jetzt auf einem Hotelbett mit Blick auf eine vierspurige Straße, die über Eisenbahngleise führt. Trotzdem hat sie das Fenster geöffnet. Später in der Dunkelheit riecht sie Frühlingsluft und Wasser. Mittags war da ein Mann im Anzug gewesen, der in einem Restaurant mit dem Kopf auf dem Tisch neben seinem vollen Lunchteller geschlafen hat. Anstatt sich den Mund zu füllen, wie es sich gehört hätte, floss ihm im Schlaf die Spucke heraus. Danach kam sie an der Kantine eines Justizgebäudes vorbei und sah, dass der Saal mit den Plastikstühlen nach Dienstschluss zum Proberaum für eine Gruppe von Kontrabässen wurde. Kontrabässe kommen oft in ihren Träumen vor, sie möchte immer ein bisschen an ihnen zupfen. Diese Dinge muss sie Frieder als Erstes erzählen, sie sind wie Fotos, die sie von ihrem Tag gemacht hat und ihm zeigt. Auch das gehört zu ihren kleinen Gewohnheiten. Er wiederum hat ihr an diesem Tag wirklich ein Foto gemailt, eine historische Bauzeichnung, über der er gerade sitzt und die er ungewöhnlich findet. Sie erkennt seine Fingerkuppen am Rand des Bildes und wünscht sich, dass er sie irgendwann, bald, wieder berührt.

Dann nimmt sie ihre Geschichte wieder auf.

Man darf das mit dem Verpflanzen nicht zu wichtig nehmen, sagt sie also. Der Krieg, die Deportationen, die Konzentrationslager, meine Güte, was ist dagegen ein wohldurchdachter Umzug? Es ist ein Übergang von hier nach da.

Aber eine Veränderung beginnt. Sie schiebt sich herein wie eine milde Regenfront, ein bisschen grauer wird alles, ein wenig fader, Müdigkeit überkommt einen, der Himmel ist kaum dunkler, vielleicht wird die Stimmung fahrig. Nichts, was groß auffallen würde.

Sie denkt an W., diesen kleinen Ort in einem kreisrunden Hügelgrund, sodass es aus ein paar Kilometern Entfernung albernerweise immer aussieht, als wären die barocken Türme der Abtei zur Hälfte im Boden versunken. Hier wohnen die Engeles, hier wohnt der liebe Gott, und ausgerechnet hier unter ihnen wird jetzt auch Ruth wohnen.

Noch aber sind sie in Berlin, Clara ist gerade auf die Welt gekommen. Ein winziges Wesen, das schon nach wenigen Tagen ein Haifischgesichtchen vorzeigt und dazu das Verschmitzte der schwäbischen Engeles.

Siegfried sieht das Kind nicht, er ist fort, denn er musste nun doch in den Krieg, der Traum vom Komponieren bleibt zurück. Auch Ruth verlässt die Großstadt, sie trifft ihren Entschluss nach der zweiten Nacht mit dem Säugling im Luftschutzkeller, eine dritte will sie nicht erleben; so macht sie sich davon nach Beuthen, zu den Eltern. Alles ändert sich nun in rascher Folge, schnell wechseln die Stationen, es sind Provisorien, oder jedenfalls als solche gedacht.

Clara ist in ihrem ersten Lebensjahr umgeben von ihrer Mutter, ihrer Tante Hilde, den Großeltern mit ihrem Wasserpolnisch, und bekommt eingelegte Heringe zu essen. Zum Jahreswechsel 1943/44 ist Siegfrieds zweite Scheidung ausgesprochen, Ruth und er gehen, während eines kurzen Heimaturlaubs, an einem eiskalten Januartag in Beuthen zum Fotografen und heiraten danach im Rathaus. Der Standesbeamte hat einen großen, hüpfenden Adamsapfel und redet von Kindern für den Führer.

Ruth trägt ihre Schuhe mit den unvernünftigen Absätzen, sie kommt an Siegfrieds Arm über die Eisplatten gerade noch so heim, lachend über das Kindchen, das auf seinen Vater begeistert mit dem Finger zeigt wie auf einen bunten Ball. «Grüß dich, Kleine», sagt Siegfried ungeschickt und denkt, dass seine Tochter sich vielleicht später ausgerechnet an seine Uniform erinnert, das wäre wieder so ein Irrsinn, gegen den er machtlos ist in seinem Leben. Berta hat einen Rinderbraten gemacht, sie freut sich heute, obwohl der neue Schwiegersohn nur drei Jahre jünger als sie selbst ist, viel zu alt für Ruth. Wenn die Kinder nur glücklich sind! Außerdem ist es jetzt auch nicht mehr zu ändern, und das Clarachen ist auf jeden Fall so auf die Welt gekommen, also bitte. August öffnet eine Flasche Wodka, die er vom Fensterbrett draußen holt. Wer weiß, woher sie das alles organisiert haben, Siegfried fragt lieber erst gar nicht. Ruth, ausgerechnet diese respektlose Person, ist auf einmal gerührt bei dem Gedanken, dass sie jetzt eine verheiratete Frau ist und Siegfried ihr Ehemann. Am späten Nachmittag sind alle satt und betrunken wie sonst nur an Weihnachten.

Kein einziger ihrer Berliner Freunde war bei der Trauung dabei, und Siegfried kann nur drei Tage bleiben. Aber das uneheliche Kind bekommt eine neue Geburtsurkunde, auf der Vater und Mutter endlich der Ordnung halber denselben Nachnamen tragen. Dann rückt die russische Armee vor, und Siegfried besteht darauf, dass Ruth und das Kind zu seiner Mutter in den Südwesten fahren. «Was soll ich da?», sagt Ruth, aber sie macht sich dann doch auf den Weg, sie muss auch an das Kindchen denken. Sie kommen im August 1944 mit dem Zug an, und Ruth beginnt nach Beuthen und Berlin im Alter von noch nicht fünfundzwanzig Jahren ihr drittes Leben.

In W. ist gespenstisch wenig vom Krieg zu merken. Ein ganz anderes Land ist das, denkt Ruth, alle so folgsam und brav. Und hier aus dem Süden also kommt der Adolf her. Keine Bombennächte, dafür jede Menge Butter und Eier, was für ein Glück. Clara bekommt neue Verwandte, die sie auf der Stelle vergöttern – Siegfrieds Mutter und die beiden Schwestern –, und zu essen jetzt Mehlspeisen mit eingeweckten Zwetschgen.

Wir sollten einmal nach W. fahren, dann würdest du sofort verstehen, was ich meine. Man sitzt wie auf dem flachen Boden einer Schüssel. Trotz der ganzen Neubauten siehst du noch heute von überall im Ort die umliegenden Wiesen ganz nah. Die Wirtshäuser sind in diesem deprimierenden Landhausstil renoviert, immerhin drei am Platz und auch an Werktagen voll, denn es kommen Reisebusse mit Touristen wegen der Kirche. Nur der «Hirsch» nicht, im «Hirsch» sieht es noch aus wie in den sechziger Jahren, und es gibt Jägerschnitzel. Die Alten aus dem Kloster schlurfen auf den Gehwegen herum, ohne sich groß verlaufen zu können. Sie grüßen jeden Fremden freundlich, manchmal machen sie eine segnende Geste oder lächeln ins Leere.

Ich dachte, hier bleibe ich keinen Monat, kichert das Teufelchen. Wer hat ein Auto? Nichts wie weg!

Wir müssen diesen Bericht aus der Provinz jetzt ein wenig erdulden, denn wir verweilen noch etwas hier. Vielleicht wirkt sie ermüdend, aber so ist sie damals, die Provinz, prachtvoll und langweilig. Die Kleinstädter, die hier leben, sehen das selbstverständlich anders, aber man wird beim Erzählen trocken im Mund und weiß nicht recht, wie man es interessanter machen soll. Auch das Teufelchen verhält sich weitgehend still bei diesem Teil der Geschichte. Unsere Helden schlagen hier keine Wurzeln. Auch wenn Siegfried in W. aufgewachsen ist: Als er 1945 endlich zurückkommt, passt er nicht mehr richtig her. Sie bleiben viel länger dort als gedacht, zum Weggehen fehlt das Geld, und schließlich könnte es ihnen, sagen sie sich, schlechter gehen als hier. Es ist ein Verweilen zwischen hier und da. Ein Warten auf neue Zeiten.

Ruth bemerkt schnell, dass hier alle Frauen rote Apfelbäckchen haben, aber deshalb noch lange nicht allen zu trauen ist. Sie kann nicht wissen, dass Siegfried, als er noch ein junger Mann war, den Mädchen weit und breit und vor allem im Lehrerinnenseminar das Herz brach. In den Jahren nach dem Ersten Weltkrieg trug er einen Schnauzbart, er war muskulös und gebräunt. Wenn die jungen Damen mit ihm, seinem Freund Hans und den Schwestern zusammen in die Allgäuer Berge gingen, zogen sie Reformkleidchen an, die kaum bis zum Knie gingen, und schoben den Rock beim Rasten auf den Wiesen noch etwas höher. Es war aber vor allem Hans, der den Anblick der dargebotenen Beine genoss. Siegfried trug seinen Nietzsche-Schnauzer und schaute meistens auf die erhabenen Gipfel. Die Musiklehrerin Josephine Anzmaier war so schrecklich und vergeblich in ihn verliebt, dass sie 1929, als sie die Möglichkeit dazu hatte, nach Amerika auswanderte. Einfach um ihn nicht mehr sehen zu müssen. Fräulein Anzmaier wurde in den USA mit den Jahren eine esoterische Josy und lebte später südlich von San Francisco, die Luft dort bekam ihr wunderbar.

Ein Automobil musste also her, aber dazu kam ein neuer Mann. Das Auto gehört Theo Schober, einem Doktor mit der Statur eines Bauern, der das Kreiskrankenhaus in W. leitet und von Hausbesuchen auf dem Land alle Gasthäuser kennt, in denen man tanzen kann. Schober stammt aus der nächsten größeren Stadt, dem etwa hundert Kilometer entfernten R. Vor fast zwanzig Jahren hat es ihn hierher verschlagen. Ein unterhaltsamer, gut aussehender Zyniker und in der Klinik ein hervorragender Mediziner – eine Mischung, die Ruth schon immer überzeugend fand. Schober hatte sogar schon angefangen, sich mit Archäologie zu befassen, damit er nicht im Alkohol versackt. Und dann kam Ruth.

Ruth und Theo Schober werden Freunde. Freundschaft ist manchmal auch das Ergebnis einer nicht vollzogenen Affäre, auf jeden Fall hält sie zwischen den beiden länger als jede Liebschaft. Schober ist ordentlich verheiratet, fährt aber lieber mit Ruth und Wally Bauer los, einer jungen Krankenschwester mit blonder Bubikopf-Frisur, mit der er seit kurzem ein Verhältnis hat. Öfters kommen noch der

Ingenieur Markus Heinz aus München und seine Frau Ilse mit. Er hat sie und den Jungen hier auf dem Land untergebracht und fährt jedes Wochenende her. Meistens sind sie also zu fünft.

Schober hat zwei Söhne von seiner Ehefrau und einen unehelichen von einer Sekretärin. Er zahlt für den Buben, der ihm ähnlicher als seine beiden anderen ist. Ein kräftiger, cleverer Bursche, der Anlass zur Sorge gibt, er treibt sich in schlechter Gesellschaft herum.

Es gibt laue Abende in diesem Kriegsherbst 1944, an denen sie sich auf ihren Vergnügungstouren so weit von W. entfernen, dass sie in der Dämmerung die Kirchturmspitzen der Basilika nicht mehr sehen können. Ruth sitzt neben den Heinzes im Fond des Wagens, hat das Fenster etwas heruntergekurbelt, spürt den Fahrtwind, schaut auf die Felder im Halbdunkel draußen und summt vor sich hin. Sie hat sich in Schober verschaut, es ist neu und aufregend, sein rasiertes Gesicht riecht so gut, der ganze Mann ist eine Pracht. Die beiden haben beträchtliche Lust aufeinander, und von Entsagung halten sie nicht viel. Also, warum nicht auf die nächstbeste einsame Wiese? Zum ersten Mal zögert Ruth, sich zu nehmen, was sie will. Es ist ihr ernst mit ihm, und etwas Ernstes kann sie jetzt nicht brauchen.

Lotte erzählt Frieder alle wilden Geschichten von diesen Ausflügen, die Ruth in ihren späten Jahren angeberisch immer und immer wieder ausgebreitet hat, jedes Mal ein bisschen böser. Keiner sollte auf die Idee kommen, dass sie in dieser Zeit etwas ausgelassen hat. Es ging also um Höschen, die nach solchen Abenden in Sofaritzen gefunden worden sein sollen. Um Eheringe, die morgens beim Nachhausekommen auf den falschen Händen stecken. Um die Fronleichnamsprozession, in die sich ein unrasierter Theo Schober einreiht, ohne in der Nacht zu Hause gewesen zu sein, und bei der er von seiner Frau öffentlich geohrfeigt wird.

Ob ich das heute alles noch glaube? Pah! Nie im Leben! Wenn ich dir von dem Sommer erzähle, in dem ich siebzehn war und an einem Waldsee mit den Älteren einen Joint rauchte und wir dann in das weiche grüne Wasser schwimmen gingen, nackt natürlich … du weißt, was ich meine. Erinnerungskitsch.

In meiner Vorstellung war es natürlich Ruth, die alle diese Leute überhaupt erst zusammenbrachte. Sie war einfach so, sie konnte das. Sie vertrieb allen die Langeweile. Man verzieh ihr, wenn sie über die Stränge schlug. Damals jedenfalls noch.

Sie hatte sich meiner Ansicht nach seit Berlin noch nicht wesentlich verändert, sie war nur auf ungewohntes Terrain gewechselt und hatte das silbrige, taillierte Kleid gegen ein ebenso tailliertes Frollein-Wollkostüm mit kurzer Jacke und Rüschenbluse getauscht. Stilistisch ein Zugeständnis an die Kälte im Voralpenland, aber doch unbestreitbar modisch. Ich konnte in allem aus dieser Zeit noch mühelos meinen Filmstar Ruth erkennen.

Es wird nicht gut für Deutschland ausgehen, ahnen sie. Keiner von ihnen weiß, was kommt. Aber an diesen Abenden auf dem Land sind sie weg aus dem ehrbaren Kaff und so wild wie Kinder, die so tun, als ob sie nie mehr zurückmüssen. Jeden Tag sehen sie Bombergeschwader, die über sie hinweg auf die größeren Städte zufliegen, aber W. ist kein Ziel. Sie sind sicher hier, untergetaucht in einem großen grünen Garten.

Als Lotte klein war, sind ihre Eltern mit ihr und den Geschwistern fast jedes Jahr im Sommer einmal nach W. gefahren. Es gab die Autobahn noch nicht, und auf der Landstraße wurde Lotte immer schlecht. Der Vater musste für sie mit dem großen lindgrünen Mercedes am Straßenrand halten, er trug jetzt lange Koteletten, die Lotte nicht gefielen, und schimpfte. Ihr wurde meistens nach ein paar Kurven an derselben Stelle schlecht, fast immer hielten sie in der Parkbucht, von der ein Waldweg abging, eine Kläranlage war zu sehen und ein weißes Schild mit einem Pfeil zur «KZ-Gedenkstätte».

In W. besuchten sie Tante Bruni, Siegfrieds alte Schwester. Sie hatte braune Haut und sprühte Fältchen beim Lächeln, wenn sie Clara sah. «Ich war immer selbst-herrlich», kicherte sie, ja, sie kicherte wirklich, und nahm die Worte so auseinander, dass man das Wort «Herr» in «herrlich» deutlich wahrnahm und verstand, was sie meinte. Bruni war nie verheiratet, erklärte Clara einmal nach dem Besuch, so als wäre das etwas ganz Besonderes. Bevor Bruni eines Tages beim Pflücken vom Baum fiel und sich ein Bein brach, gab es nach dem Kuchen selbstgemachten Weichsellikör. Er war dunkelrot und sauste Lotte wie ein Blitz in den Kopf. Nach dem Besuch gingen sie zum Waldrand hoch, wo man über die ganze kleine Stadt hinwegsah und die Basilika zu Füßen hatte. Es roch nach Holz und Sonne. Clara wollte am liebsten immer weitergehen, vielleicht noch auf den Friedhof oder zum Haus des Künstlers Rohst? Der Vater drängte zum Aufbruch, es war weit bis nach Hause. Wenn sie fuhren, schaute Lotte zurück und wäre auch gern noch geblieben, wie Clara. Im Rückfenster sah sie die halb versunkenen Kirchtürme kleiner werden.

Du würdest sehen: Gott wohnt herrlich in W. Der weiße Kirchenraum hat die Leichtigkeit einer Blumenwiese. Zwar liegen auf Samt gebettet die Skelette irgendwelcher Bischöfe in ihren Schreinen, aber die Morbidität wirkt hier eher wie ein Versehen. Es ist die heiterste Form des Katholizismus. Falscher Zauber, denkt Ruth. Allerdings geht sie bald gerne in die Basilika, vor allem nachmittags. Sie kann in dieser Helligkeit einfach gut nachdenken.

Einmal, an einem Freitag kurz nach ihrer Ankunft, führt Bruni sie zur Orgel hinauf, auf der Siegfried so oft gespielt hat. Die Tür zur Treppe auf die Empore ist verschlossen und muss ihnen aufgesperrt werden. Eigentlich ist diese Orgel kein Instrument, bemerkt Ruth, sondern eine Landschaft, die dort in die Höhe des Raumes gebaut wurde, mit Balkonen und Deckenmalereien und bewohnt von mannshohen Orgelpfeifen, die überall herumstehen. Da oben ruht eine Stadt in den Wolken. Ja, das gefällt Siegfried, denkt sie sofort. Er passt hierher.

Siegfrieds Betschwestern wollten, dass ich hier brav werde, motzt das Teufelchen. Die konnten mir gestohlen bleiben.

Es läuft nicht richtig gut mit ihr und den Engele-Frauen, jetzt nicht und später auch nicht. Siegfrieds Vater ist vor sieben Jahren gestorben. Die alte Mutter, Bruni und Elsa haben etwas anderes erwartet als Ruth. Ihr wundervoller musikalischer Siegfried kämpft für das Vaterland, und diese Frau geht abends einfach weg, lässt ihnen das Kindchen da und amüsiert sich.

Und dann, stell dir vor, leistet sie sich den größten Coup von allen, vielleicht weil ihr langweilig ist. Sie holt Siegfried aus dem Krieg zurück. Ganz einfach weil sie es kann. Aus eigener Sturheit und Kraft oder besser gesagt Verführungskraft.

Kurz nach ihrem fünfundzwanzigsten Geburtstag im November 44 bricht Ruth mit einer Flasche Whisky im Gepäck auf zu einer Zugfahrt vom Allgäu nach Berlin, bei der es fünfmal Fliegeralarm gibt. Jedes Mal bleibt der Zug im Wald stehen, bis Entwarnung kommt. In Berlin sucht sie den für Siegfried zuständigen Leutnant auf, öffnet den Whisky und lüpft nach allgemeiner Überlieferung auch ihr Kleid, und so wird Siegfried, ohne den Grund dafür zu kennen, versetzt, er bekommt einen äußerst ruhigen Schreibtisch am Fenster als Vorstand des Heeresnebenzeugamtes im schwäbischen R. Anfang 45 ist er also fast schon zu Hause.

Frieder wirft ein: Sie hat ihn wirklich heiß geliebt.

Die Enkelin kennt Ruth besser. Sie ist sich nicht sicher: Tat sie es wirklich, weil sie ihn zurückhaben wollte, oder um zu beweisen, dass sie es noch immer kann, das Männerbezirzen in Berlin?

Die Sache war genau nach ihrem Geschmack. Irrsinnig genug und so waghalsig, dass sie hinterher schon aus Erleichterung darüber lachen musste, weil es gutgegangen war. Sigilein, so nannte sie ihn jetzt manchmal zärtlich, Sigilein war ein halbes Jahr zuvor mit seinem Regiment nach Kroatien geschickt worden. Er fand, seinem eskapistischen Naturell entsprechend, dort Gelegenheit, zu fotografieren und Ruth kleine Abzüge von ärmlichen Hütten und zerlumpten Frauen mit kleinen Kindern im Arm zu schicken. Seine plötzliche Versetzung jetzt empfindet er – obwohl er weiß, dass er froh sein sollte – als Zurückweisung. Er ist doch Soldat und von Rang. Erst Wochen später findet er heraus, dass sein Weib eine wahrhaft biblische Aktion hingelegt hat. Sie muss sich mittels ihrer

Kontakte von früher irgendwie durchgefragt und erfahren haben, dass sie zu Krauss gehen musste. Krauss hat den nötigen Einfluss und kann eine Versetzung veranlassen. Zwar hat sie dem nicht den Kopf abgeschlagen, aber doch von ihm nach einem gemeinsamen Abend und einer daran anschließenden gemeinsamen Nacht bekommen, was sie wollte: ihren Ehemann zurück. Siegreicher hätte sie nicht einmal ausgesehen, wenn sie ein blutiges Haupt nach Hause geschleppt hätte, wo die anderen natürlich wieder nur beteten. Sie hasste sie dafür. Wer hatte Siegfried gerettet? Die Betschwestern jedenfalls nicht. Sondern sie. Mit ihrem eigenen Leib. Sie ist zwar am Ende der Welt gelandet, aber immer noch unwiderstehlich und mächtig. Das ist der Beweis.

Es ist ein Stoff, aus dem Grabner sicher gerne eine heroische Oper komponiert hätte, allerdings natürlich ohne Ausziehen (Hindemith war bei Hitler schon eine auf der Bühne nur mit einem fleischfarbenen Trikot bekleidete Frau in der Badewanne zum Verhängnis geworden), ohne harten Alkohol und ohne die Musik, die Krauss auf dem Grammophon auflegte, bevor er mit Ruth ein paar Tanzschritte machte, mit dieser Frau, die sich ihm anbot, dabei aber gar nicht wie ein Opfer wirkte.

Oft hat die Nachfahrin als Teenager über diese Tat ihrer Heldin Ruth nachgedacht. Sie hat mit ihm geschlafen, dachte sie sich, schaudernd vor Aufregung, in ihrem Siebziger-Jahre-Jugendzimmer, und sie hat sich nicht dafür geschämt. Sie hat einfach ihre sexuelle Macht über die

Männer eingesetzt. (Dass die sexuelle Macht möglicherweise darin bestand, dass sie Krauss einen blasen musste und aus Luftmangel und Ekel schier erstickt ist, kommt in Ruths Fall natürlich überhaupt nicht in Frage!) Und sie hat es schließlich aus Liebe zu Siegfried getan! Wie sehr brauchen wir, wenn wir jung sind, die Vorstellung vom Sieg der Liebe ... Von der sexuellen Macht weiß die Enkelin damals zugegebenermaßen nicht viel. Aber von Liebe, sicher, von der vollkommenen Liebe träumt auch sie. Die will sie erleben, die wird sie ganz sicher erleben. Nur: Wenn das möglich war, wenn eine Frau triumphierend aus so einer Situation herauskommt, wenn sie einen Mann, den sie nicht liebt, ein bisschen in sich herumstochern lässt, bis er stöhnt und kommt, und ihn dabei insgeheim auslacht, weil ihr Plan aufgeht – wenn das alles möglich ist: War das nicht auch der Beweis, dass Sex und Liebe ganz unterschiedliche Dinge sind?

So wie bei uns, albert Frieder. Wir haben zum Glück eine rein sexuelle Beziehung.

Dann ist der Krieg aus, der Adolf tot, Deutschland kaputt und der Frühling da. Ruth sieht zum ersten Mal Uniformen in W., nämlich amerikanische, und bekommt eine neue Gelegenheit, sich nach ihrem Geschmack zu amüsieren. Du hast sie ja sowieso schon im Verdacht gehabt, dass sie auf Uniformen steht, richtig? Die Männer mit den US-Rangabzeichen erwidern ihre Begeisterung auf der Stelle. Fünfundzwanzig Jahre alt ist sie, stell dir vor, so jung noch. Und es ist Mai.

«Geh aus, mein Herz, und suche Freud», singen die alternden Frauen der Lehrerfamilie mit ihren hohen Mädchenstimmen, und es ist nicht das gemeint, was Ruth darunter versteht. Einmal schenkt ihr Fred, ein außergewöhnlich kleiner, hässlicher und enorm charmanter GI, einen weißen Fliederstrauß. Ruth lacht sich scheckig. Sie erkennt den Flieder sofort. Er ist aus dem Garten von Siegfrieds Schwester geklaut.

Nach der Sache mit Krauss, von der inzwischen wirklich alle im Ort erfahren haben, fühlt sie sich zwei Meter groß und drei Meter breit. Keiner kann ihr mehr was.

Vielleicht verfolgt auch deshalb Siegfrieds Schwester Bruni, das Fräulein Schulrat, wie sie noch mit fast hundert Jahren im Dorf genannt werden wird, gleich nach Kriegsende einen Plan. Sie hat einen ausgeprägten Hass auf die junge Frau ihres Bruders entwickelt, außerdem versetzt sie die Kapitulation ihres geliebten Deutschlands in einen leicht hysterischen Zustand. Bruni ist Handarbeitslehrerin, also strickt sie Clara in der schlechten Zeit kratzige Wollunterhosen, die das Kind auf erfindungsreichste Weise wieder verliert. Wenn Bruni in ihrem dunkelblauen Mantel mit dem schwarzen Schal, dem kinnlangen Topfschnitt und ihrer spitzen Nase zur Messe geht, sieht sie aus wie eine

Nonne. Sie mochte schon die losen Sitten der Nazis nicht, und mit den Amerikanern mit ihrem Siegergrinsen und den prächtigen Männerhintern wird es nicht besser, das weiß sie genau. Das reicht ihr alles schon, da braucht sie nicht noch eine aus Berlin mit Stöckelschuhen und diesem jüdischen Vornamen in ihrer Nähe.

Siegfried ist noch auf seinem Posten in der Stadt R. festgesetzt. Bruni schreibt ihm einen Brief, beschwört die einst so heitere Familie, den Zusammenhalt, und man müsse auch an die Gesundheit der betagten Mutter denken. Die junge Frau ist eine Schande, schreibt Bruni, und deshalb möge er sie jetzt, wo der Krieg aus ist, zurück zu ihren Eltern in den Osten schicken. Das Kind solle er behalten, Clara sei schließlich auch eine Engele, aber eine Zeitlang müsse man sie wohl ins Waisenhaus geben.

Ihr Bruder gibt sich nicht einmal die Mühe, eine große Sache aus dem skandalösen Brief zu machen. Er teilt Bruni mit, dass er sich weder von Clara noch von Ruth zu trennen gedenke. Ihr Brief zeige eine gewisse Überspanntheit, womöglich sei es gut, sie verbringe bald einmal eine Weile bei der Verwandtschaft in den Bergen. Dann schreibt er ungerührt noch zwei Seiten todlangweilige Begebenheiten aus R.

Doch, doch, Ruth hat von dem Brief erfahren. Sie tobte. Sie spuckte auf den Fußboden vor Abscheu, auch wenn sie den Rotz hinterher selber wieder aufwischen musste. Sie zog alte Gartenhandschuhe an und beschmierte Brunis Haustür mit Hundescheiße.

Warum sie die Sache später auch Clara erzählte, die da noch nicht einmal zehn Jahre alt war, kann ich einfach nicht verstehen, sagt Lotte. Ich kann es ihr auch nicht verzeihen. Wieder einmal war ich vollkommen perplex, wie dumm und grausam Ruth sein konnte.

Das Kind verstand nur Waisenhaus und glaubte, dass es wegsollte. Clara lernte schnell. Sie wurde anschmiegsam und unehrlich und tat den Erwachsenen schön.

Lange ist Ruth nicht mehr mit Clara allein in W. Noch vor Kriegsende ist Hilde mit zwei großen Koffern bei der Schwester eingetrudelt, sie hat ihren Ehemann verlassen, und wo sonst soll sie hin? Wenige Monate nach der Kapitulation im Mai 45 gehen ihre Eltern aus Beuthen weg, durchqueren die sowjetische Besatzungszone und erreichen ebenfalls den Südwesten. Sie staunen über die Alpen, die bei Föhn ganz nahe sind. Sie sprechen polnisch miteinander, wenn man sie nicht verstehen soll, und machen Clara weis, das sei feines Französisch. August bringt den Lebensmittelhändler Josef Ginder dazu, Heringe ins Sortiment zu nehmen, und füttert sein Enkelchen wie früher damit. Die armen Leute aus dem Osten sind da und bringen, wie man an Ruth sieht, alles durcheinander.

Unsere beiden Liebenden in der gottlosen Gegenwart führen währenddessen in diesem beginnenden Frühjahr eine Fernbeziehung, die jedoch ganz und gar mühelos elektronisch zusammengehalten wird mit E-Mails und SMS (Skype finden sie beide zu naturalistisch). Sie sind praktisch stündlich in Verbindung, sie berichten sich, was sie machen, was sie essen und was ihnen durch den Kopf geht. Stell dir vor, sagt sie, wenn es das alles noch nicht gäbe, wie könnten wir das aushalten?

Vor allem aber versichern sie sich, dass sie sich vermissen, beschreiben sich die Küsse und malen sich die Hautnähe aus, die sie gerade nicht haben. Als im Februar eines Nachmittags die Sonne herauskommt, steht Lotte auf dem Heimweg von der Arbeit fast eine Stunde lang in zu dünnen Schuhen auf dem Wiener Platz im tagsüber weichgewordenen Schnee und telefoniert mit ihm. Der eiskalte Schatten wächst erst über den Platz und dann die Häuser hoch. Als sie auflegen, sind nur noch die Dachspitzen besonnt. In der Nacht bekommt sie Fieber und weiß nicht, ob es von der Kälte kommt oder vom Alleinsein in der Wohnung jetzt, so ohne Verbindung zu ihm.

In ihrem fiebrigen Traum ist sie wieder im großen Haus, das viel zu viele Türen hat für sie, viel zu viele Zimmer. Ihr wird schwindlig darin. Weißt du, sagt sie ein paar Tage später am Telefon, das Leben während meiner Kindheit war so darauf aus, dass man etwas darstellte und seinen Aufstieg zeigte, die Häuser, die Urlaube, die Autos, ganz zu schweigen von vorbildlichen Kindern. Aber die Ehefrauen im engen Tennisdress mit blauem Lidschatten fand ich als Kind ordinär, und ihr Geruch – Kinder riechen immer alles – zeugte von zweifelhafter Hygiene. Dagegen Bungalows, wie sie dann in Mode kamen, die mochte ich. Zwei Paare aus dem Bekanntenkreis der Eltern hatten so ein Haus, und ich ging immer mit Vorfreude dorthin. Man baute sie an den Rand der Kleinstadt, in der die alten Leute tagsüber noch mehrmals zur Kirche gingen, stell dir vor, wie man etwas Neues an etwas Altes anpappt. Es waren heckenumfasste, herrliche weiße Klötzchen am Hang, mit Glasschiebetüren zum Garten, in dem schimmernd der Pool lag. Es roch nach Sonnencreme. Ich glaube, ich mochte damals alles, was sauber, hell und fröhlich war. Rote Markisen. Das babyblaue Frotteefutter in den Tennisschuhen. Das alles war unendlich optimistisch. Die Zukunft würde irgendwo stattfinden, wo es nur noch solche Farben gab. Vielleicht hatten diese Leute einfach einen besseren Ausstatter gehabt. Jedenfalls gab es in unserem Haus nie diese Leichtigkeit, obwohl es doch auch modern war: weiß, aber mit einem dunklen, tief nach unten gezogenen Schieferdach. Es zeigte Wohlstand, aber drinnen war immer Unordnung, und immer gab es zu viele Dinge in einem Zimmer, die nicht zusammenpassten.

Vielleicht hat sie auch darum eine Weile die ganz jungen Mädchen in ihrem gläsernen Büro so bestaunt, überlegt sie. Diese noch so kindlichen Frauen waren mit Twitter und Facebook aufgewachsen und pflegten an Arbeitstagen ein virtuelles Sozialleben. An den Wochenenden besuchten sie Leute in ganz Europa und waren immer mit leichtem Gepäck unterwegs. Überhaupt schienen sie nur wenige Kleider zu haben, die wiederum so minimalistisch waren, dass es besonders aussah, im Übrigen bei allen auf genau gleiche Art. Es passte zu ihren weißen Notebooks und Smartphones und wirkte wie ein Werbespot für Futurismus und Spaß. Später stellte sie fest, dass diese Art, sich zu kleiden, einfach der Beginn eines Trends war, dem bald alle folgten. Ebenfalls schien es diesen jungen Frauen keine Probleme zu bereiten, die Stadt wegen der Arbeit zu wechseln, sie waren daran gewöhnt – glückliche Luftwurzler, dachte Lotte, sie haben nicht diesen dauernden Phantomschmerz, den Mangel an Halt. Sie kamen ihr vor wie die Boheme einer neuen Besitzlosigkeit. Das erschien ihr, die im Überfluss und Materialismus aufgewachsen war, unerhört anziehend.

Ja, kenn ich, sagt Frieder, und ihre Männer sitzen in Berlin vor Bio-Cafés auf kleinen Kinderstühlchen, damit sie mal aus ihrer Altbauwohnung rauskommen, und später schreiben sie Bücher über die irre Erfahrung ihrer Vaterschaft oder über das Glück beim Gärtnern oder über ihre Hunde. Danke aber auch.

Darum geht es doch nicht, sagt sie, aber trotzdem erheitert sie seine Grantigkeit. Ich mochte es nur so, dass diese Kinder anscheinend niemandem einen Aufstieg nachweisen mussten. Sie lebten für sich selbst und so, wie es ihnen richtig erschien. Ich liebte sie beinah dafür, ich dachte, so kann man wachsen als Mensch. Erst später wurde mir klar, dass es in ihrer Welt trotzdem altes Unglück gab, gut verborgen, quasi verschlüsselt wie in einem Code. Was ich meine: Während unsere Eltern Besitz anhäuften und sich in Arbeit vergruben, leben sie mit möglichst kleinen Reisetaschen, und mir schien, sie erkannten Dingen wie Freundschaft, Kreativität und Abenteuer eine genauso hohe Bedeutung zu wie der Arbeit. Ich war beeindruckt. Das hätte ich mich, als ich in ihrem Alter war, nicht getraut. Ich gebe aber zu, dass sie wahrscheinlich auch gar keine große Wahl hatten. Die lebenslange Stabilität, die unsere Eltern kannten, ist schlicht unerreichbar geworden. Bedeutsam scheint mir auch, dass viele von ihnen aus wohlhabenden Familien kamen, die ihre Kinder an anderen Dingen maßen als am Geldverdienen. Minimalismus hat mit Wohlstand einiges zu tun, glaube ich.

«Wie früher beim Bungalow», sagt Frieder. «Ja, genau», stimmt sie zu. «Ich finde das faszinierend. Dass du viel Geld brauchst, damit der Besitz seine Schwere verliert. Und abgesehen davon, wir müssen uns endlich wiedersehen. Ich will dich ein bisschen besitzen.»

Im Frühherbst 1945 kommt auch Siegfried endgültig heim nach W. Er trägt jetzt wieder, wie in seinen Jugendtagen auf dem Land, einen Janker, allerdings über einem eleganten Hemd. Er ist gar nicht in der Stimmung, bei Mutter und

Schwester zu Hause zu sitzen, er geht lieber mit Schober und den anderen zum Kartenspielen in den «Hirschen» und mit seinem wilden Weib in die Wirtshäuser auf den Dörfern. Mit ihr ist die Kleinstadt, in der er aufgewachsen ist, ein vollkommen anderer Ort. Alle müssten sie doch lieben, denkt er.

In dem Janker ist er Ruth fremd. Doch Siegfried macht es selig, dass er die Joppe wiederhat, es ist eine Heimkehr, auch zu sich selbst, zur Ruhe und Konzentration des Musizierens und zu den Tagen, als er plötzlich wusste, dass es genau das und nichts anderes ist, womit er sein Leben verbringen will. Am liebsten würde er sogar noch die kurzen Lederhosen tragen, die in seinem Schrank zurückgeblieben sind, als er damals noch ganz jung aus dem großen Schulratshaus mit den Weichselbäumen im Garten wegging. Aber Ruth protestiert. Sie hat doch keinen Bergbauernbub geheiratet.

Ein Jahr nach Siegfrieds Rückkehr bringt die Krankenschwester Ruth Engele unter ärztlicher Aufsicht von Professor Schober nach kurzen Wehen einen Sohn zur Welt, das Wernerchen. Der Stammhalter, flüstern die Betschwestern ergriffen.

Siegfried gibt erst nur privat Klavierunterricht. Anfang 47 hat er die Entnazifizierung hinter sich und wird in der Stadt R. als Musiklehrer angestellt. Von Montag bis Samstagnachmittag ist er fort. Auch eine Fernbeziehung, denkt Lotte.

1949 kommt noch einmal, ein letztes Mal, das Glück. Es ist fast so wie ganz am Anfang in Berlin. Sie ziehen alle zusammen in die Stadt nach R., in eine feine Beamtenwohnung am Park mit vier Zimmern und zwei großen Balkonen, sie schaffen sich Möbel an und trotz Ruths Protest keinen VW, sondern ein Klavier, das ungefähr genauso viel kostet.

Die Berlinerin ist eine gut versorgte Ehefrau geworden, und sie gehört jetzt zu den besseren Kreisen, auch wenn die Stadt R. klein ist, ernst und kreuzbieder.

Aber ach, Ruth hat gelacht, getanzt, gespottet. Sie hat, was vielleicht am schwersten wiegt, Siegfried im Triumph dem Krieg entrissen, eine Demonstration ihrer Macht, und sie hat mit ihrer Frechheit angegeben wie zehn nackte Neger. Deshalb fordert nun das Schicksal oder der Männer-Gott eine Strafe für Ruth. Und die kommt jetzt. Lang wird sie nicht dort in den besseren Kreisen bleiben, warte nur. In weniger als vier Jahren wirst du und deine Familie, wird keiner von euch mehr gesellschaftsfähig sein. Die Enkelin hasst diesen Gott für das, was dann kommt, sie hasst ihn mit aller Kraft, mit geballten Fäusten und für immer, so viel ist sicher, sie schwört es. Für immer und ewig. Ha! Ruth ist tot, aber ich bin noch da. Mal sehen, wer von uns beiden länger durchhält. Du oder ich. Dein beleidigtes Patriarchentum oder unsere von dir so zerschlagene, aber ungebrochene weibliche Erblinie. Du Schlappschwanz.

Die Geschichte von Ruth muss kurz warten. Die Enkelin unterbricht für eine Weile das Erzählen, denn jetzt sehen sich erst einmal unsere Liebenden wieder. Sie stellen fest, dass sie beide südlich der Alpen zu tun haben, er muss für einen Auftraggeber ein Originaldokument in Rom einsehen, das wegen der Versicherung nicht geschickt werden kann, sie reist zu einem Investor ins Tessin. Es sind die ersten warmen Tage im Frühjahr, und deshalb beschließen sie, die Route trotz des Umwegs zu kombinieren, zusammen in ihrem Cabrio über den Brenner zu fahren und unterwegs ein paar Nächte gemeinsam zu verbringen, auch wenn man die Strecke gut an einem Tag fahren könnte.

Sie hat ein Hotel gebucht, das oberhalb von Innsbruck an einem Berghang liegt und sich als abgewohnt und freundlich erweist. Die Gäste sind fast alle Familien auf dem Weg nach Süden. «Alle sind auf der Durchreise, nur wir bleiben. Ausgerechnet wir, wo wir sonst nie genug Zeit füreinander haben.» Das gefällt ihr. «Wir sehen uns sonst so selten, dass du noch nicht mal weißt, wie man mein blaues Kleid aufmacht.» Das Dorf hat eine Kirche und abschüssige Wiesen, auf der anderen Seite des Tals liegt die Brenner-Autobahn, aber man bemerkt sie kaum. Nur abends, als sie in einer für April ungewöhnlichen Milde auf der Terrasse sitzen, sieht man das Lichterband des Transitverkehrs lautlos vorbeiziehen. Die Wirtin hat ein gebirgsbraunes Gesicht, silberne Fäden im Haar und einen schönen roten Rock mit großen weißen Blumen an, die Beine stecken in Schuhen, die man trägt, wenn man zu Hause ist. Sie spricht französisch mit einer französischen

Familie wie jemand, der länger in dem Land gewesen und dann doch zurückgekommen ist. Auf der Terrasse sitzen an diesem Abend nicht nur die Franzosen, die sich über das reichhaltige österreichische Essen erst lustig und dann hermachen. Es sitzen an einem Tisch für sich auch Leute aus dem Ort, die hier sind, um auf einen Umgekommenen zu trinken. Auf einer Baustelle ist der Balkon des Hauses eingestürzt, zwei Leute sind tot, einer davon war aus dem Dorf. Sie spielen sich immer wieder die Meldung aus den Lokalnachrichten vom Handy vor. Es sind drei Männer und eine Frau; sie schauen ins Tal hinunter und sprechen leise miteinander.

Die Liebenden sind windzerzaust und hungrig angekommen, bekommen dann zum Essen nicht den italienischen Wein von der Karte, sondern eine ausgezeichnete Flasche aus der Steiermark. Falls er ihnen nicht schmeckt, sagt die Wirtin beim Probierenlassen, wäre es auch nicht weiter schlimm, denn dann trinke sie ihn später selbst. Die Nacht riecht nach Frühling. Sie bleiben draußen, bis sie fast schlottern. Dann schlüpfen sie unter die Decken im Zimmer und schlafen eng umarmt ein, ohne sich noch auf andere Art zu lieben als diese.

Am nächsten Morgen gehen sie nach dem Frühstück einen ausgeschilderten Wanderweg entlang, auf dem sie alleine sind. Die Autobahn weit unter ihnen ist wie ein Hund, der mitläuft, aber nicht weiter stört. Frieder sagt, schau, lauter Brombeersträucher. Wir sollten im Spätsommer wieder hier oben sein, dann kann ich dich damit füttern. Sie sagt, es würde dir also gefallen, wenn ich dir aus der Hand fresse? Sie erinnert sich, wie sie ihn in Berlin im Winter einmal beim Essen küsste, als an ihren Lippen noch Tomatensoße war, ihr Kuss verschmierte seinen Mund und färbte sogar noch seine Spucke. Jetzt, in den Bergen, macht sie den Mund auf und streckt die Zunge aus, sodass die Sonne darauf scheint. Er wirft seinen Schatten auf sie und küsst ihre warme, saubere Kälbchenzunge.

Er hat seine zu allem entschlossenen grellblauen Wanderschuhe an, legt aber keine große Eile an den Tag. Sie lassen sich Zeit dort auf dem Hang, cremen sich das Gesicht mit hohem Lichtschutzfaktor ein, legen sich auf eine Wiese. «Ich bin leider kein guter Held», sagt er auf einmal, und sie weiß nicht, ob er das Bergwandern oder ihre Beziehung meint. Diese vorsorgliche Kapitulation findet sie in jeder Hinsicht unangebracht, so kommt er ihr nicht davon. «Oh, du könntest aber sofort mein Held sein, wenn du für mich ein Rad schlägst», meint sie und wartet mit fast geschlossenen Augen, wie er darauf reagiert. Als Erstes schaut er zu ihr, um herauszufinden, ob sie das wirklich so meint. Dann nimmt er die Brille ab. Man könnte glauben, dass er entsetzt ist, aber vielleicht ist es auch nur gespielt. «Das hat noch keine von mir verlangt», stößt er heraus, lässt sich wieder auf den Rücken fallen und streckt die Arme zur Sonne aus. «Es steht sogar in meinem Wikipedia-Eintrag, dass ich unsportlich bin. Wahrscheinlich war das Luises Rache.» Luise ist seine Ex. Sie entstammt ostpreußischem Landadel und ist ganz scharf auf Wikipedia, gut möglich, dass sie auch Frieders Eintrag bearbeitet hat. Sie stellt sich

Luise vor, wie sie nachts beim Licht des Bildschirms mit einer Tafel Schokolade neben sich zugange ist. Wenn man Luises Nachnamen eingibt, bekommt man detaillierte Angaben über Lebensleistungen der Vorfahren seit 1750. Über einen Großvater ist tatsächlich vermerkt, dass er auf dem Gut die Kammern der Dienstboten von Grund auf erneuert hat. Sie haben sich schon öfter darüber lustig gemacht, Luises DDR, Digitales Deutsches Reich.

Was ist jetzt, schlägst du etwa kein Rad? Und rede dich jetzt nicht auf Luise heraus. Im Grunde hat sie es kapiert, ihre Familie hat also doch eine Leuchte hervorgebracht. Wer einen Wikipedia-Eintrag hat, der bleibt. Meine haben keinen, niemand von ihnen. Sie verschwinden einfach, vermodern und werden vergessen, verstehst du? Sie liegen alle auf dem Friedhof unter einem Grabstein, an dem seit neuem haarscharf die Ausfallstraße vorbeischrammt, und ein Aldi-Parkplatz wurde auch direkt daneben gebaut. Will man nicht haben, oder?

Oder lass es mich so sagen: Als ich klein war, hatte ich ein zerfleddertes Kinderbuch geerbt. Man sieht das Innere einer Fabrik, in der kleine rosige Engel in sehr sauberen Blaumännern goldblonde Puppen und Spielzeugautos für den Weihnachtsmann herstellen. Unten in dem Gebäude stellen kleine Teufelchen unter Aufsicht eines verschwitzten Schmieds auch etwas her, klobige, unförmige Puppen, denen ein Bein fehlt und die aus dickem grauem Stoff unbeholfen genäht sind.

So war diese Familie, so waren die Nachfahren von Ruth. Die Unterwelt war immer Teil von uns, in der jemand tobt und Dinge falsch zusammenschraubt. Wir hätten in Wirklichkeit niemals so einen weißen Bungalow bewohnen können. Zu viele Teufel, die kaputte Puppen in die Zimmer stellen. Zu viele Gedanken, denen vorsichtshalber gleich ein Bein weggehauen wurde.

Es muss etwa ein Jahr nach Ruths Tod gewesen sein. Sie sieht noch ihr eigenes Jugendzimmer mit den hellblau gestrichenen Wänden. Mit den vergitterten Fenstern im ersten Stock, weil die Eltern immer Angst hatten, dass die Kinder herunterfallen könnten. Knapp hinter der Grundstücksgrenze stand eine große, sehr alte Eiche, an der früher Menschen aufgehängt worden waren und die doch das Licht durchließ und den Westwind und die Farben und Geräusche der besseren Wohngegend im Sommer. Viel Grün, eine Stille mit leisen Rasenmähergeräuschen.

In diesem Zimmer steht irgendwann im August die Mutter und will ihr etwas sagen. Die Tür hat sie hinter sich zugemacht. Sie weiß nicht, wie sie es formulieren soll. Es geht um die Zeit, als sie selbst ein Mädchen war, um Ruth, um Siegfried, um den kleinen Bruder, um die Zeit nach dem Krieg. Sie druckst herum. Sie will es aber unbedingt sagen. Jetzt. Wir waren sehr arm damals, fängt sie vage an, um irgendwie anzufangen. Sie schämt sich. Und die Tochter ahnt, dass etwas Schweres gesagt werden muss, das dann nicht mehr weggeht und das auch von der Mutter nie weggegangen ist. Sie fragt: Haben sie dich betteln geschickt? Wie einfach, wie naiv kommt ihr später der Rateversuch vor. Wenn es das doch nur gewesen wäre. Aber es ging um Siegfried. Das Wort Gefängnis fiel nicht, die Mutter sagte «Knast». Sie war blass und fahrig, mehr als sonst, aber sie weinte nicht. Sie muss wirklich mit dem festen Vorsatz ins Zimmer gekommen sein, es endlich zu sagen. Es war mehr so, als ob sie Schuldgefühle hätte und zugleich unsicher war, wie das ankommen würde, was sie sagte. Es hat alles verändert. Auch die Vorstellung der Enkelin davon, wer Ruth eigentlich war.

Vielleicht ist es Verrat. Aber am zweiten Abend in den Bergen sitzen sie wieder auf der Terrasse, neunhundert Meter hoch mit Blick auf das nächtliche Tal. Es riecht nach warmen Wiesen. Alles andere ist sehr weit weg. Und deshalb tut sie es. Lotte erzählt es ihm jetzt.

Im Juni 1955 wird Siegfried Engele an einer Mädchenschule in R. direkt nach dem Unterricht wegen Kindsmissbrauchs verhaftet. In der Lokalzeitung erscheint ein großer Artikel, in dem steht, dass der sechzigjährige Lehrer E. sich in der St.-Agnes-Schule mehrmals nachmittags nach dem Musikunterricht mit zwölf- und dreizehnjährigen Mädchen im Klassenzimmer eingesperrt und sie unsittlich berührt haben soll. Die Schülerinnen hätten erst Angst gehabt, zu Hause davon zu erzählen, E. habe ihnen gesagt, sie dürften nicht darüber sprechen. Weil ein Mädchen sich aber plötzlich halsstarrig weigerte, am Musikunterricht teilzunehmen, kam alles heraus. Siegfried ist beim Prozess in jedem Punkt der Anklage voll geständig, das erspart den Kindern wenigstens die Aussage vor Gericht, vielleicht hofft er auf ein milderes Urteil. Er wird zu siebeneinhalb Jahren Zuchthaus verurteilt.

Von da an ist alles nur noch Gift. Das Gift in Ruths Hass auf ihren Mann, das Gift der Schande und der Armut, die Clara treffen, die gerade noch eine Lehrerstochter war und jetzt das Kind von «so einem» ist. Das Gift, das bedeutet: Es wird keine Erlösung mehr geben, niemals mehr und für keinen von ihnen.

Oh, sagt Frieder. Ganz behutsam. Mehr nicht, vorsichtshalber.

Ist damit alles gesagt? Ja. Und doch – nein. Es muss anders ausgesehen haben, denkt die Enkelin, es kam langsamer daher.

Vielleicht war es eher so: Die Wäsche hing weiß im Sommerwind hinter dem Haus, Ruth trug ein weites Kleid mit kleinen blauen Blumen und einem schmalen hellbraunen Gürtel. Der Wäschekorb stand neben ihr, und die Kinder saßen im Gras, sie hatten bis eben noch Jo-Jo gespielt. Und nun kam Erich Meier um das Haus herum in den Hof, weil auf sein Klingeln vorn am Eingang niemand geöffnet hatte. Meier war ein Kollege von Siegfried. Er war noch nie bei ihnen zu Hause gewesen, aber was am komischsten war, er trug Siegfrieds Aktentasche unter dem Arm. Sie gingen nach oben. Er redete mit Ruth in dem großen, halbdunklen Arbeitszimmer, die Tür war geschlossen. Als Ruth herauskam, hatte sie einen Gesichtsausdruck, der sie für die Kinder fremd machte. Der Papa musste verreisen, sagte sie.

«Ich könnte mich vor Entsetzen nie mehr von der Stelle bewegen», hat die Enkelin gedacht. Und während sie Frieder jetzt erzählt, wie es mit Ruth und Clara weitergeht, also das, was sie davon weiß, kommt sie sich auf einmal vor wie in einem dieser Nico-Hofmann-Fernsehfilme. Muttchen in Kittelschürze, kämpferisch, wie sie die Familie allein durchbringt. Muttchen verzweifelt am Resopal-Küchentisch. Muttchen einmal abgelenkt in fröhlicher Gesellschaft und durch einen schüchternen Verehrer, in dieser Szene ohne Kittelschürze. Frischgebackener Kuchen für die Kinder, vom Mund abgespart. Frisuren und Autos aus den fünfziger Jahren, Seidenstrümpfe. Eine Frau, die Haltung bewahrt. Taschentuch-Musik, ganz leicht patinierte Optik. Der ganze Blödsinn.

«Scheiße. Ich weiß nichts über sie, nicht das Geringste.» Auf einmal ist sie in ein Flüstern verfallen, Frieder muss sich herüberbeugen, um sie überhaupt zu hören. «Ich weiß nichts, verstehst du? Sie muss damals noch verletzbar gewesen sein, später war sie es nicht mehr. Das hört dann wahrscheinlich einfach auf. Nichts konnte sie mehr treffen, schon deshalb, weil sie immer als Erste schoss. Die Frau aber, die sie zu dieser Zeit war, kenne ich gar nicht.»

«Was erzählst du, dummes Kind? Meinst du, er kann sich vorstellen, wie das damals war? Oder dass du das kannst?» Das Teufelchen hat ihr den kleinen Rücken zugewandt, einen runden, gepolsterten Rücken, der in eine anständige cremefarbene und ein wenig zu enge Bluse gepackt ist. Sein Gesicht lässt es heute nicht sehen.

Am Anfang wird Ruth jeden Tag übel, wenn die Kinder mit dem Pausenbrot aus dem Haus sind. Das ist die Angst, der sie nicht nachgeben darf. Unten im Stiegenhaus öffnet die Angst den Briefkasten und holt die Post heraus. Dann setzt sich die Angst an Siegfrieds Schreibtisch und schlitzt Kuverts auf. Die gelesenen Briefe legt sie auf den Stapel zu den anderen Schreiben. Die Angst liest, dass die Raten für die Möbel und für das Klavier angemahnt werden, sie liest den Bescheid, dass Siegfrieds Gehalt nicht weitergezahlt und ihre Berechtigung für die städtische Beamtenwohnung neu geprüft wird. Sie liest eine Vorladung zur Befragung im Fall Engele. Das ist ihr Name, wie seltsam. Wie kam das denn, dass sie da hineingeraten ist, wie kann das sein?

Sie hat keine Ahnung, wie man auf juristische Schreiben klug antwortet. Bald wird sie auch nicht mehr wissen, womit sie Essen kaufen soll. Die Nachbarn in der Straße der besseren Kreise tun so, als sei sie es gewesen, die sich im Klassenzimmer mit zwölfjährigen Mädchen eingeschlossen hat, nicht ihr Mann. Ihr Mann, an den sie nicht denken will. Sie muss eines nach dem anderen tun.

Ruth geht in den Tagen danach vor wie ein Notarzt. Sie erinnert sich an die Arbeit im Krankenhaus, sie versucht, auf dieselbe Art wie damals konzentriert und vernünftig zu handeln. Nur dass sie selbst der Patient mit den lebensgefährlichen Verletzungen ist, aber nicht einmal das ist ihr wahrscheinlich richtig bewusst. Wenn die Verzweiflung und das Grübeln kommen, denkt sie an das Porträt von Rudolf Virchow im Treppenhaus des Schwesternwohnheims, an dem sie vor langer Zeit einmal jeden Morgen vorbeikam. Merkwürdigerweise gibt er ihr Halt, der Gedanke an Sauberkeit, Ordnung, Vernunft. Sie kocht den Kindern ihre süßen Lieblingsgerichte mit Zimt und Zucker und verleitet sie dazu, viel zu essen. Sie dürfen nicht mager werden, dünnhäutig schon gar nicht. Auch sich selbst lässt sie Nahrungsverweigerung nicht durchgehen. Sie will und sie muss stark sein. Sie denkt ganz sachlich nach. Sie weiß, dass ihre Schwägerin in W. jetzt beten würde. Am nach Siegfrieds Verhaftung siebten Tag um die neunte Stunde kommt ihr ganz ohne Gebetbuch eine Idee. Und erstaunlicherweise findet sie einen Beschützer. Zum ersten Mal in ihrem Leben braucht sie nämlich wirklich einen, Frieder.

Sie findet Rudolf Kranzeneder dort, wo sie ihn gesucht hat, beim Mittagessen. In den guten Zeiten, also genau genommen noch vor zwei Wochen, hat Siegfried oft in dem Wirtshaus hinter der Peterskirche gegessen, wenn die Zeit vor dem Nachmittagsunterricht zu knapp zum Nachhausegehen war. Ruth hat sich erinnert, dass er gelegentlich von Kranzeneder sprach, mit dem er gern am Tisch saß und viel redete. Kranzeneder ist, und das spielt in dieser Situation eine gewisse Rolle, Oberstaatsanwalt. Ruth hat ihr dunkelgrünes Sommerkleid angezogen, sie hat die Bedienung nach dem Gesuchten gefragt, denn sie selbst kennt ihn gar nicht und schaut jetzt aus einiger Entfernung zu ihm. Gut aussehender Mann, stellt sie fest, aber mehr wie eine Notiz, die sie gleich wieder verlegt. Kranzeneder hat einen Teller mit Fleisch und Spätzle vor sich. Der Kaffee steht auch schon auf dem Tisch.

Sie geht zu ihm hin und ist froh, dass das Wirtshaus so voll ist, da fällt es nicht weiter auf. Sie sagt, wer sie ist, fragt, ob sie ihn sprechen könnte. Er bittet sie, sich zu setzen. Sie erzählt, was passiert ist. Sie sagt, dass sie bald kein Geld mehr hat für die Kinder und für sich und nicht weiß, was sie tun kann, um aus dieser Situation herauszukommen. Kein Schluchzen, keine Verzweiflung kommen ihr in die Quere. Sie ist eine Frau, die diesen Mann ganz sachlich um Rat fragt, weil sie etwas tun muss und er Jurist ist. Kranzeneder hört ihr lange zu, dann schaut er wie einer, der gerade einen genialen Gedanken fasst. Haben Sie ein Zimmer?, fragt er. Ruth ist perplex. Was zum Teufel meint er? «Sie müssen mir zuallererst ein Zimmer vermieten. Ich lebe in Scheidung. Meine Alte ist die Hölle.»

So bekommt Ruth einen Untermieter und eine kleine Grundeinnahme. Was noch viel wichtiger ist: Sie ist nicht mehr allein, von jetzt an hat sie kostenlosen Rechtsbeistand. Wenn wieder ein Schreiben vom Gericht oder von der Bank kommt, setzt sich Kranzeneder abends zu ihr in die Küche, wenn die Kinder im Bett sind. Sie gibt ihm etwas zu essen, und er diktiert ihr die Antwort. «Schreib, Mutti!», sagt er, und Mutti schreibt. Er holt sie aus dem gröbsten Schlamassel, er ist an ihrer Seite. Solange der Herr Oberstaatsanwalt bei ihnen wohnt, traut sich außerdem keiner, Ruth und den Kindern die Beamtenwohnung streitig zu machen. Hilde, die gerade wieder einen Mann verlassen hat, kommt oft zu Besuch; wie immer vorher und nachher sind die Schwestern in Zeiten der Gefahr zusammen.

Gelegentlich hat der Oberstaatsanwalt eine Freundin dabei, dann kichern die Kinder vor Verlegenheit und rennen schnell weg. Sie fremdeln anfangs mit dem Mann, der so viel schneidiger und kräftiger aussieht als ihr Vater. Aber Kranzeneder macht seine Sache gut. Er schenkt Wernerchen zum zehnten Geburtstag einen Werkzeugkasten und sagt, jetzt sind wir schon zwei Männer im Haus. Manchmal hören sie das Bett quietschen, wenn er wieder einmal eine Frau mitgebracht hat. Einmal schleicht auch Hilde am Samstag frühmorgens aus Kranzeneders Zimmer und kriecht zu Ruth ins Ehebett. Ruth wacht kurz auf, zeigt der Schwester den Vogel und dreht sich wieder um; Hilde grinst und macht es sich auf Siegfrieds Seite bequem. Sie lässt Ruth ausschlafen und kocht den Kindern ihren Kakao. Am Nachmittag kommt Theo Schober zu Besuch. Er bringt fünf Flaschen Wein mit und bleibt bis Sonntagabend; die Nacht verbringt er, wie schon öfter, auf dem Sofa im Wohnzimmer. Er berichtet von der neuen Ausstattung in seinem Krankenhaus in W., denn eigentlich hofft er, dass Ruth zurückkommen und bei ihm arbeiten könnte. Er hat sie gerne um sich, das ist alles. Aber er merkt, dass er bei ihr nicht durchdringt. Sie ist mit etwas anderem beschäftigt, so sehr, dass sie erst gelöster wird, als sich Kranzeneder an Siegfrieds noch nicht abbezahltes Klavier setzt und ein paar alte Schnulzen spielt.

Die höheren Beamten in der Nachbarschaft registrieren genau, dass bis Mitternacht Musik und Gelächter aus der Wohnung des eingebuchteten Kinderverderbers kommt.

Manchmal schläft ein blonder Mann, der dem jungen Hardy Krüger ähnlich sieht, auf dem Sofa. Ruth, mach doch auf, hört ihn Clara einmal leise an der Schlafzimmertür flehen.

Sie werden eine kleine Wohngemeinschaft von abgebrühten Außenseitern. Mehr als drei Jahre bleiben sie so zusammen. Lotte rechnet nach. Mit Siegfried hat Ruth bis dahin nie so lange am Stück zusammengelebt.

Und ich dachte, die fünfziger Jahre seien eine so ehrsame Zeit gewesen, sagt Frieder. Das ist ja beinahe freie Liebe.

Nein, ehrsam zu sein war nicht ihre Sache. Der Mann im Knast, und die Ehefrau feiert mit anderen Männern – welchen Eindruck das macht, weiß Ruth genau, und sie legt es sogar darauf an. Ich hatte immer den Eindruck, dass Ruth dann selbstsicher wurde, wenn es ihr gelang, andere zu provozieren.

Wenn Ruth am Sonntagvormittag wach wird, ist Kranzeneder immer schon weg, egal wie spät es geworden ist. Dann muss er, ein Mann im besten Alter, mit seinen herrischen Eltern zur Messe und anschließend Autoausflüge machen. Er ist ein erstaunlicher Heiliger, aber die Enkelin segnet sein Andenken.

Am nächsten Morgen liegt Tau auf dem Verdeck des Wagens. Frieder packt ihre Taschen in den kleinen Kofferraum. Es kommt ihr vor, als sei er immer noch vorsichtig mit ihr, wegen der Geschichte von gestern. Es ist sonnig und noch kalt, der Asphalt surrt unter den Rädern weg, Fichten verdecken den Himmel, ein Geruch von geschlagenem Holz weht herein. Inzwischen erzählst du mir aber wirklich Sachen, die du dir bloß ausgedacht hast, oder?, sagt Frieder.

Die Enkelin schaut ihn nicht an, sondern konzentriert sich auf die Straße. Für einen Moment ist sie hingerissen von dem Gedanken, dass sie die Geschichte ganz anders erzählen könnte, als sie war, Siegfried und Ruth hätten das glückliche Leben geführt, das sie nie hatten. Sie könnte das Schicksal mit seinen Knochenwürfeln einfach ignorieren.

Nein, sagt sie dann. Meine Mutter fasste sich zwar sehr kurz an dem Tag, als sie damals in mein Zimmer kam. Aber sie gab ein vollständiges, sachliches Bild der Geschehnisse.

Dann wurde nicht mehr davon gesprochen. Als ob nichts wäre. Als ob das Schweigegebot über Siegfried, die Schande und die Armut, das sie sich selbst auferlegt hatte, einfach auf eine andere Person ausgeweitet worden wäre, eben auf mich. Ich sollte es wissen, aber auch nicht davon sprechen. Ich habe das in gewisser Weise akzeptiert, es kam mir nicht einmal komisch vor. Ich habe mich erst sehr viel später getraut, sie noch mal danach zu fragen.

Ich wusste es jetzt, und damit schien ihr alles gesagt. Dann ging ich sowieso als Au-pair nach Frankreich.

Damals dachte ich, erwachsen zu sein bedeutet, hart und unsentimental zu leben. Ruth war gestorben. Wenige Wochen nach ihrem Tod machte ich Abitur und verließ alles, ohne mit der Wimper zu zucken. Ich wollte so sein wie Ruth, wie die Ruth, die ich gekannt hatte, ich hatte ihr versprochen, für sie mitzuleben, und ich begann auch noch, obwohl blond, ihr äußerlich ähnlicher zu werden. Ich schnitt mir die Haare so kurz, wie sie sie hatte, was meine absurde Identifikation weiter steigerte. Als sie gestorben war, ging ich noch mal in ihre Wohnung. Die Zimmer blieben ja eine ganze Zeit lang so, wie sie waren. Eines Tages habe ich den Schlüssel genommen. Ich besaß ihn schon, als sie noch lebte. Meistens klingelte ich und schloss dann einfach auf – wenn ich kam, hatten wir uns vorher immer verabredet. Einmal habe ich vergessen zu klingeln. Da sah ich sie zum ersten Mal ohne die Perücke, die sie wegen der Chemotherapie aufhatte. Sie litt an einem Bronchialkarzinom, das Husten und Spucken kannte ich schon von ihr, aber so hatte ich sie noch nie gesehen. Sie war kahlköpfig mit tiefen Augenringen und sah aus wie ein müdes Kind. Sie legte sich die Infusionen für ihre Chemotherapie zu Hause. Sie hatte die Ärzte davon überzeugt, dass sie das als frühere Krankenschwester selbst konnte. Sie zog das alles alleine in ihrer Wohnung durch. Die Infusionen, das Kotzen danach, die Angst. In der Wohnung, in der sie nach Siegfrieds Entlassung schweigend und hassend noch sechzehn Jahre mit ihm gelebt hatte, machte sie sich jetzt ganz für sich ans Sterben.

Nun war ich allein dort. Ich zog eine Schublade auf, da lag Siegfrieds Taktstock, mit dem ich Dirigieren gespielt hatte. Ich fand die Scherenschnittfiguren aus Plastik, die ich als Kind an die Scheiben kleben durfte, und fasste sie noch mal an, roch daran. Da war das hässliche, bequeme Sofa, auf dem sie mir das Bett gemacht hat. Wenn *Dalli Dalli* mit Hans Rosenthal kam, sagte Ruth, ungewöhnlich zärtlich für ihre Verhältnisse: Ach, der kleine Rosenthal. Aber den Juhnke mochte sie lieber, das wusste ich, er trat mit einem weißen Schal und Zylinder auf. Ich hüpfte zur

Erkennungsmelodie von *Dalli Dalli* auf dem Polster, und dann schauten wir zusammen fern, bis wir müde waren. Oder ich jedenfalls.

Jetzt, wo sie weg war, lagen noch ihre Zigaretten in dem riesigen roten Glasaschenbecher. Der Aschenbecher musste aus besseren Zeiten stammen, er passte nicht in dieses kleine Zimmer, er gehörte eher in einen Salon. Vielleicht war er auch geklaut. Ruth und Siegfried hatten beide immer viel geraucht, da kam etwas zusammen. Asche zu Asche, dachte ich. Ich nahm eine ihrer trocken gewordenen weißen «Select» und zündete sie an. Ich hatte nie geraucht, und es schmeckte ekelhaft. Mit Todesverachtung rauchte ich zu Ende, nahm die Packung mit. Ich wollte jetzt auch rauchen, gerade weil sie daran gestorben war. Ich wollte stärker sein als alle. Ich tat ein paar seltsame Dinge in dieser Zeit, aber ich fühlte wirklich nichts, gar nichts. Wer nichts fühlt, ist unbesiegbar, nicht wahr? Im Ernst, das wäre super gewesen, meinst du nicht? Blöderweise hab ich einen Schalter zum Ausknipsen der Gefühle nie gefunden. War bei mir nicht eingebaut. Fehler bei der Konstruktion. Vielleicht findest du ihn ja. Wo ist der eigentlich bei dir? Nein, das ist der falsche Schalter. Finger weg. Wenn du da anfasst, fange ich an, Kunstlieder von Richard Strauss zu singen. Das wollen wir doch nicht. Willst du das? Ich sollte jetzt lieber wieder auf die Straße schauen. Weißt du eigentlich, dass es schön ist, dir von ihr zu erzählen? Es ist, als ob sie wieder da wäre. Endlich. Endlich.

Sie sind an diesem Tag im Auto zusammen bis Verona gefahren. Es war warm geworden, fast heiß. Mittags bogen sie von der Autobahn ab in eine Ortschaft nicht weit vom Gardasee. Sie kauften sich Panini und aßen sie auf einer aus dem Wagen geholten Decke in einem Park, in dem es sehr still war. Dann kam von irgendwoher wie eine Erscheinung ein Kind in einem Schmetterlingskostüm über die Wiese gelaufen, blieb vor den beiden stehen, ohne ein Wort zu sagen, und rannte wieder davon. In Verona kamen sie noch früh genug an, um in die Gärten der Giusti zu gehen, die auf vollendete Weise den Hügel hinaufgebaut sind und von denen Lotte Frieder einmal so ausführlich erzählt hatte, dass er sie unbedingt sehen wollte. Dann mieteten sie in einer Pension ein großes Zimmer. Sie sprachen gar nicht viel miteinander an diesem Nachmittag, so sehr waren sie ins Schauen vertieft, aber ihre Finger blieben ineinander verschränkt und ihre Münder verschworen. Ich möchte, dass wir nie aufhören, zusammen zu reisen, denkt Lotte. Dann essen sie Scaloppine in Zitronensoße, die Teller auf rot-weiß karierten Tischdecken. Im Zimmer lassen sie das Fenster auf, so warm ist es. Sie schlafen miteinander und stellen sich vor, sie wären ein verheiratetes Paar, das jedes Jahr an einem bestimmten Tag hierherkommt, um in die Gärten zu gehen, jede vorgefundene Veränderung dort im Tagebuch notiert und auf diese Weise im edlen Park der Giusti ein Bild ihres eigenen Älterwerdens erfindet.

Sagtest du nicht, du verabscheust es, mit jemandem alt zu werden?, wispert das Teufelchen. Will ich ja auch nicht, sagt die Enkelin schläfrig. Ich phantasiere doch nur.

Dann nimmt Frieder den Zug nach Rom, und sie fährt auf der Autobahn weiter bis Mailand. Der Investor, wegen dem sie hergefahren ist, wohnt wie ein Raubritter hoch über dem Lago Maggiore, sein Arbeitszimmer hat ein enormes Panoramafenster; nachdem das Gespräch eine Weile gegangen ist, stellt sie fest, dass der alte Mann ihrem Vater ähnelt. Keineswegs äußerlich, sondern in der Art, wie er sich die Welt aus Büchern zusammensetzt, über die er aber mit niemandem sprach. Sein Beruf ist ja das Geldverdienen. So konnte man erfolgreich werden, dachte Lotte, musste dabei aber immer herrisch bleiben, weil man unsicher in den eigenen Ansichten war. Denn sie sind nie im Streitgespräch mit Freunden erprobt worden. Trotz der unverkennbaren Ähnlichkeit in diesem Punkt dachte sie, dass sie diesen Mann nicht mochte. Ihren Vater aber schon.

Auf dem Rückweg hält sie in einem Ort am See, um Mineralwasser zu kaufen. Sie parkt am Bahnhof. Es ist früher Abend, und in einem wartenden Bus nach Mailand lehnt ein Mann in Bauarbeiterkleidung an der Fensterscheibe und schläft. Als sie an der Haltestelle vorbeigeht, fällt ihr ein Engländer auf. Er hat einen rothaarigen, gestutzten Bart wie ein Edelmann auf einem alten Gemälde und trägt Bermudashorts. Später sieht sie von der Autobahn aus die Kirchturmuhren in den Dörfern elektrisch erleuchtet, grünliches oder fahlweißes Licht hinter schwarzen Zeigern. Es ist Nacht, aber die helle katholische Nacht der Neonlicht-Kirchtürme unterscheidet sich von allem, was sie kennt. Lotte fährt entlang der Uhren, bis sie die Ebene verlässt, und dann gegen ihren Plan immer weiter und auch noch über die Berge, sie ist ganz wach und allein. Am Morgen erreicht sie München, stellt das Auto ab und schläft den restlichen Tag. Bist du gut angekommen?, steht in Frieders SMS, als sie aufwacht. Ja, schreibt sie zurück, und hast du notiert, dass der Zitronenbaum in der zweiten Reihe oben links dieses Jahr viele Blüten trug? Er antwortet: Auf dem Rückweg fahre ich über München, wenn du es willst, meine Zitrone.

Sie holt ihn drei Tage später frühmorgens am Bahnhof ab. Er hat am Abend zuvor bis zum letzten Moment im Archiv gearbeitet und dann den Nachtzug genommen. Er sieht gar nicht müde aus, sondern ist unternehmungslustig und will Weißwürste essen. Nachdem er die verspeist hat und Lotte ihr Birchermüsli und sie in dem Café zwei Zeitungen zusammen gelesen haben, lehnt er sich zurück, faltet die Hände auf dem Tisch. «Was passierte dann?» Er hat sich an ihre Vorfahrinnen gewöhnt.

Also spielt sie ihr gewohntes Erzählspiel, ihr Liebesunterhaltungsspiel.

Nur weiß sie nicht so genau: Und was ist mit ihr, mit Ruth, in dieser Zeit? Kein Wort ist je darüber gefallen. Ab einem gewissen Punkt ist es einfacher, den Kopf in einen Gasherd zu stecken, denkt die Enkelin, vor allem, wenn du öffentlich eine Schande bist. Wenn du dem nachgibst, was sie dann aus dir machen – wer bist du dann noch?

Ruth findet Arbeit. Sie hat sich als Krankenschwester in den Kliniken der Stadt beworben, man würde sie mit ihrer Erfahrung sofort nehmen, aber daraus wird dann doch nichts – Nachtschichten will sie nicht in Kauf nehmen. Sie spricht mit ihren Kindern nicht über Siegfried, aber sie weiß, dass sie nachts da sein muss, wenn die Träume kommen, damit die beiden zu ihr ins Bett klettern können. Sie beginnt stattdessen bei einem Nervenarzt als Sprechstundenhilfe. Doktoren waren immer ihre Ratgeber. Sie kommt jetzt oft mit großen Tüten Nüssen nach Hause und macht sie den Kindern schmackhaft. Nüsse sind teuer. Aber der Doktor hat gesagt, Nüsse sind gut für die Nerven.

Sie müssten aber schon Wunder bewirken. Vor allem Clara ist ein Nervenbündel. Das Schlimmste ist die Verwirrung, die in ihr herrscht. Sie hat ihren Vater so verehrt, und jetzt ist er eine Schande. Weil die Engeles eine musikalische Familie sind, wurde immer gesungen. Siegfrieds Vater, der alte Schulrat von W., ist praktisch singend gestorben, er wurde im Alter von zweiundachtzig Jahren mitten in der Chorprobe des Kindergartens vom Schlag getroffen und war auf der Stelle tot. Auch Clara singt, Clara lernt von ihrem Vater, den sie liebt und bewundert und dem sie sich zugehörig fühlt wie ein kleines Hündchen. Sie könnte vielleicht sogar aufs Musische Gymnasium gehen, fand Siegfried, da waren die Zeiten noch gut. Siegfried ist jetzt fort, aber Clara bewirbt sich trotzdem bei den Nonnen in der guten Schule. Mit ihrer kleinen, festen Stimme singt sie am Tag der Aufnahmeprüfung das Lied «Sah ein Knab' ein Röslein stehn». Die Melodie gefällt ihr. Den Text versteht sie eigentlich nicht. Clara ist in ihre große, geheimnisvolle Kinderwelt vertieft. Sie hat in ihrer Unschuld nicht die geringste Ahnung, warum die Nonnen so unfreundlich zu ihr sind. Clara wird abgelehnt. Sie kommt auf die Handelsschule.

Dort wird sie zu einem Gespenst, zu einem flatternden Hemd. Es gibt Kinder, die nicht mit ihr reden. «Wo ist denn dein Vater?», fragt Elke Baumann aus der Parallelklasse mit einem falschen Lächeln, das sie zeitlebens behalten wird und auch noch ihrem dritten Ehemann zeigt. «Ich habe ihn so lange nicht gesehen, wie geht es ihm denn?» Clara zieht den Kopf ein, murmelt etwas Unverständliches und schaut, dass sie wegkommt. Wie geht es denn deinem Vater, ich habe ihn so lange nicht gesehen, fragt auch der neue Mathematiklehrer Hermann Maucher vor der Klasse. Er hat längere Zeit in München gearbeitet und ist jetzt in die Stadt R. zurückgekommen. Clara wird weiß, fast grün im Gesicht. Auf dem Scheitel zwischen ihren dünnen Haaren stehen Schweißperlen. Soll sie jetzt vor der ganzen Klasse sagen, mein Vater sitzt im Knast? Soll sie gar nicht antworten? Aber das geht nicht. Warum fragt er das nur? Und dann kippt Clara einfach um und wird ohnmächtig. Hermann Maucher, der wirklich keine Ahnung von dem

Skandal hat, bestellt Ruth ein. Was mit ihrer Tochter los sei. So verstört. So dünn und empfindlich. Ruth erklärt ihm, was passiert ist. Maucher wird rot. «Das ist ja entsetzlich. Kann ich irgendwie helfen?», fragt er.

Den letzten Satz hat Lotte erfunden. Es muss doch irgendjemand da gewesen sein, sagt sie sich, der Mitgefühl mit Clara zeigte.

Nun ja, Ruth. Wo soll die Enkelin also weitermachen? Vielleicht dort, wo ihr Zweifel an der Vorfahrin sitzt. Zu Lotte hatte Clara damals gesagt, dass Ruth sich den Kindern gegenüber nach Siegfrieds Verhaftung auf eine irrwitzige Lesart der Ereignisse festlegte, und damit basta. «Junge Mädchen haben oft eine blühende Phantasie», behauptete sie. Clara, meine unberechenbare Mutter, will die Worte aber unbedingt so wiedergeben, dass klar wird, Ruth hat gelogen. Dafür ahmt sie eine hohe, gestelzte Tonlage nach, die ich von Ruth nicht kannte, von ihr selbst allerdings nur zu gut. Die Erklärung habe also gelautet: «Die eine sagt, er hat mich an der Wange gestreichelt und an der Brust berührt, und dann sagt die Nächste: Mich auch. Die schaukeln sich hoch.» Und das sei alles, habe Ruth gesagt, mehr sei nicht dran, der Vater sei einfach ein Opfer von Verleumdung, und schuld seien diese jungen Mädchen.

Vielleicht wollte Ruth das eine Zeitlang selber glauben, meint Frieder. Lotte ist sich nicht sicher. Flüchtet sie, die Unhintergehbare, jetzt in die Selbsttäuschung? Aber was Ruth fühlt, wird nun nach und nach unkenntlich und bleibt es. Für mich war sie ein Bollwerk, für Clara wahrscheinlich auch. Ein weibliches Tier, das mit Ernähren, Behüten und Überleben beschäftigt ist. In gewisser Weise verschwand sie.

Lotte schaut durch das raumbreite Fenster des Cafés in den klaren Tag. Lieferwagen parken in zweiter Reihe, Glockenbach-Mütter mit Sonnenbrillen schieben Kinder vorbei, zwei Mädchen, die gegenüber einen Laden betreiben, sperren ihre Tür ab, sie laufen in groben Stiefeln und mit langen Haaren im Frühlingswind schräg über die Straße, kaufen Milchkaffee als Mittagessen. Flirrendes Licht überall, hellste Gegenwart. «Ich bin glücklich, jetzt, in diesem Moment», denkt Lotte.

Für Ruth muss es gewesen sein wie eine gewalttätige Korrektur ihres Lebens. War sie jemals hoffnungsvoll gewesen? Das Streben nach etwas Besserem, ja. Dafür hat sie alles getan, ist allein von zu Hause weg, war furchtlos, liebte auf ihre unsentimentale Weise viele Männer. Ja, sie war glücklich. Mit ihrer selbsterfundenen Freiheit und mit Siegfried. Aber dann kommt doch die Hand Gottes, fasst sie am Nacken und zwingt ihren Blick nach unten.

Ruth war ja schon Kinderpflegerin, bevor sie nach Berlin ging. Sie hat ein freizügiges Liebesleben geführt, aber sie ist moralisch tief davon überzeugt, dass sich die Verhältnisse einer Gesellschaft verbessern, wenn Kinder mit ausreichend Hygiene, gesunder Nahrung und fortschrittlicher Fürsorge großgezogen werden. Dazu gehört es, dass sie die Scham vor Nacktheit und vor den Genitalien strikt ablehnt, die vor allem in katholischen Gegenden den Kindern beigebracht wird. Für Ruth ist das nichts als eine Repressalie, die auf Kosten der Hygiene geht, gegen jede Virchow'sche Vernunft. Genitalien sind ein Teil des Körpers, den man richtig waschen und dafür kennen muss, so sieht sie das. Wie viele kleine Popos und Pipis und Falten hat sie damals auf der Station mit dem warmen Waschlappen abgewaschen und dabei mit den Kindern geredet und gescherzt; sie sollten lernen, dass es dabei nichts Peinliches gibt, keine dunklen Stellen, für die man sich schämen muss.

Und jetzt muss sie sich vorstellen, wie ihr Ehemann, Sigilein – kann sie ihn je wieder so nennen? – mit seinem Streicheln und Fummeln die Unschuld zwischen den Beinen kleiner Mädchen für sich benutzt, für sein Begehren. Ihr Magen krampft bei dem Gedanken. Noch etwas drängt sich in ihren Kopf, ein Gedanke, den sie dort nicht haben will, der aber nicht weggeht: Dass sie als erwachsene Frau vielleicht gar nie das war, was er wirklich haben wollte.

Ruths Instinkt übernimmt jetzt die Sache. Sie achtet vor den Leuten genau darauf, weder für Siegfried Partei zu ergreifen, denn das wäre Wahnsinn, noch gegen ihn, schließlich ist sie seine Ehefrau. Vor allem aber setzt sie alles daran, stark zu wirken. Sie darf auf keinen Fall aussehen wie ein leichtes Ziel für Erniedrigung und Willkür.

Auch jetzt noch weigert sie sich, ihre Kinder mit Tabus zu erziehen. Als Clara und ihre einzig verbliebene, aber innig geliebte Freundin Gertrud in die Pubertät kommen, zeichnet Ruth den beiden dünnen Mädchen das System von Eierstöcken und Gebärmutter auf und erklärt ihnen, wie die Dinge medizinisch funktionieren. Aber mit Anatomie kommt man nicht weiter in der Frage, wie Sigilein, der Feinsinnige, der Begabte, der bewunderte Vater, ihnen das antun konnte.

Beim Gerichtsprozess gegen ihren Ehemann, der ein Skandal in der Stadt R. ist, will Ruth nicht dabei sein. Sie geht zur Arbeit, als ob nichts wäre. Sie legt Distanz zwischen sich und diesen Mann. Oder will sie ihn so nicht sehen, unter dieser schändlichen Anklage?

«Trotzdem», sagt Frieder, noch ganz satt und zufrieden von den Weißwürsten, «ich möchte so gerne, dass sie ihn nach seiner Strafe am Gefängnistor in Empfang nimmt. Sie waren in Berlin so ein schönes Paar. Ich mochte sie wirklich. Sie passten gar nicht zueinander und doch so gut. Ich kann mir trotz allem nicht vorstellen, dass sie sich nie mehr umarmt oder geküsst haben.»

Lotte überlegt. Richtig. Was passiert mit der Liebe? Das beschäftigt sie, aber sie hat keine Lösung. Liebe ist stärker als der Tod, heißt es, aber Liebe ist eben nicht stärker als das Leben. Starb sie bei Ruth schnell wie ein Mensch mit Herzinfarkt? War es ein langsames Zerfressen? Blieb etwas davon? So wie der Schatten, der entsteht, wenn ein Mensch kurz durch ein Foto gelaufen ist, das eine Stunde lang belichtet wurde. Selbst von ein paar Sekunden Durchlaufen bleibt etwas zurück. So etwas muss doch noch da gewesen sein. Aber Ruth tat immer, als gäbe es da nichts. Sie wusste es bestimmt besser, aber sie brauchte klare Verhältnisse.

Also, du Romantiker, ich will dir die Hoffnung nicht nehmen. Vielleicht war es ja sogar so. Sie hat ihn ja auch im Gefängnis besucht, mit den Kindern links und rechts an der Hand. Nur ich glaube kaum, dass sie ihn bei der Entlassung abgeholt hat, sagt die Enkelin. Er war bei ihr nicht mehr erwünscht, es ging einfach nicht mehr. Vielleicht begriff Siegfried das in dem Moment, in dem man ihm im Gefängnis seine Sachen wiedergab und ihn gehen ließ. Da merkte er, es steht nicht Ruth mit den Kindern, sondern nur Theo Schober im Gang und wartet auf ihn.

Ja, Schober holte ihn ab, Frieder, doch, ganz bestimmt. Mit dem Auto, fast so wie damals, als sie über die Dörfer gezogen sind. Aber so weit ist es noch lange nicht. Siegfried wird ja gerade erst vor Gericht gestellt.

Es gab noch einen einzigen Moment, fällt Lotte ein, in dem Ruth, egal was er getan hat, unverrückbar auf Siegfrieds Seite steht, in dem sie für ihn sogar jemand schlagen und töten möchte. Da ist sie auf der Straße Hochwürden

F. begegnet, dem Pfarrer ihrer Gemeinde. Er grüßt sie freundlich. Es gibt nicht mehr viele Leute, die freundlich zu ihr sind. Sie kennt den Mann kaum. Ihre eigene Mutter ist zeitlebens mit Gott und der heiligen Maria von Tschenstochau im engen Bunde und Gespräch, aber nicht Ruth. Sie fand immer, dass die Beterei den Leuten vorgaukelt, es würde sich ohne ihr Zutun etwas zum Besseren ändern. Und sie weiß, dass das nicht geschieht. Hochwürden F. geht ein Stück mit ihr, fragt nach den Kindern, nach der finanziellen Lage. Ruth mit ihren Einkaufstaschen in der Hand ist vorsichtig, antwortet belanglos. Dann kommt er zur Sache. Es laste ja nun durch Siegfried ein schwerer Verdacht auf seiner kleinen Gemeinde. Aber noch sei nichts erwiesen, fährt er fort, kein Urteil gesprochen. Und falls Siegfried, er fixiert Ruth, die mit ihren blauen Augen misstrauisch und kalt zurückstarrt, falls Siegfried also von uns gehen würde, selbst wenn er sich vielleicht das Leben nähme, was eine schwere Sünde wäre, bevor das Urteil gesprochen sei, dann wäre auch seine Gemeinde, nein, dann wären alle, auch die Familie, von dieser Schuld, die dann ja nicht erwiesen sei, befreit. Ruths Augenbrauen sind ein dunkler dicker Strich, wie ein Fell, das sich sträubt. Sie konzentriert sich. Sie sammelt jedes Milligramm Dreck, das aus dem Kohlerevier noch in ihren finsteren Bronchien steckt, und spuckt dem Priester vorne auf die Soutane. Die Spucke sieht aus wie Sperma und läuft ganz langsam nach unten. Dann geht sie.

Aber kommen wir zu Lotte und Frieder zurück, denn Frieder wendet nun außerdem etwas ein, das tatsächlich bedenkenswert ist. Sie sitzen immer noch nebeneinander an ihrem Platz mit der Aussicht auf die Straße und haben keine Lust zu gehen.

Es sei nämlich doch so, dass die Verwüstung der Engele-Welt und damit der von Ruth eigentlich ein seltsam passendes Nebenereignis gewesen sei in einer Zeit, in der die Zerstörung überall herrschte. Häuser seien immer noch kaputt herumgestanden, der Glaube an die deutsche Größe sowieso dahin, Ehen von Spätheimkehrern habe man massenweise in die Brüche gehen sehen; die Frauen schlugen sich allein durch und waren schließlich so sehr daran gewöhnt, dass sie die Männer am Ende nur noch verachteten. Der Männerhass sei wahrscheinlich in Deutschland nach dem Krieg erfunden worden. «Wir haben sie doch beide noch gesehen in unserer Jugend, diese Frauen, die kurzhaarig und schlecht in dunkle Farben gekleidet mit ihren breiten Hintern immer nur Fahrrad fuhren, sie strampelten und strampelten mit dem dummen Sattel zwischen ihren Beinen, Kriegswitwen noch in den siebziger Jahren.»

Ja, ich erinnere mich, sagt Lotte, es fiel mir so enorm auf, als ich nach der Zeit in Frankreich wieder heimkam. Absichtlich hässlich zurechtgemacht fand ich die deutschen Frauen, und ich fragte mich, warum sie das tun. Ruth wäre nie auf die Idee gekommen, Fahrrad zu fahren, sie nahm die

Straßenbahn oder den Bus. Ich weiß nicht einmal, ob sie es überhaupt konnte, Rad fahren. Sie fand, das war etwas für Bauern. Aber wenn du mich fragst, nein, die Schwere von Ruths Schicksal war nicht irgendwie besonders. Sie würde auch kein Mitleid wollen. Sie schrieb sich das alles selbst zu. Ihrer «Blödheit», wie sie es nannte.

Es wäre so viel leichter gewesen, denkt Lotte, wenn sie hätte sagen können: Der Krieg ist schuld. Aber wer war in diesem Fall schuld? Siegfrieds sexuelle Neigung? Seine Willensschwäche? Die Tatsache, dass Ruth sich in ihn verliebt hatte? War sie also selber schuld?

Und dann beginnt die heldenhafte Vorfahrin ihr Leben als Brotverdienerin. Der Krieg wird in R. langsam weggeräumt, Ruth kann zuschauen, wie in Baulücken eckige Bürogebäude hochwachsen, in denen sie bald Menschen arbeiten sieht. Sie lernt R. so genau kennen, wie Leute einen Ort kennen, wenn sie nirgendwo anders hinkönnen.

Ruth kündigt als Sprechstundenhilfe. Es gibt die Möglichkeit, bei einem Lieferanten für Plastik- und Meterware anzufangen. Sie verdient dort mehr, und sie brauchen jede Mark. Von jetzt an misst sie PVC-Bänder und Spezialfolien nach Metern ab, schneidet sie zu und verstaut sie in Paketen. (Zu den Kunden gehört ihr späterer Schwiegersohn, aber von dieser Zukunft ahnt sie nichts.) R. hat sein stolzes Bürgertum, es ist aber auch eine Arbeiterstadt, um sechs Uhr morgens stehen die Leute dicht in der hell erleuchteten Straßenbahn. Wenn es regnet, weht der Geruch von Brezen scharf und warm aus den Verkaufsständen an den Haltestellen. Ruth trägt eine Kittelschürze mit dem aufgestickten Schriftzug «Firma Scheuer & Ditzer» und redet mit Frauen, die in den engen Wohnungen der schlechten Viertel leben, über die Preise für Schweinehals und Roggenbrot. Sie tragen praktische Frisuren und sehen müde aus. Keine Kraft mehr, noch auf sich zu achten. Ruth kann genau sehen, wo es für sie hingeht. Nachts wacht sie aus wirren Träumen auf. Sie ist wieder in Berlin, in der Klinik, und bereitet Patienten für die Visite vor. Aber unter ihren Händen liegen keine Menschen mehr, sondern Erzeugnisse der Chemiefabrik. Sie ist keine Krankenschwester, sie muss vergessen, dass sie je eine war. Sie ist jetzt eine Frau, die an einem Tisch mit Maßband steht und Geld verdient. Abends in der Straßenbahn hat sie die Einkaufstasche voll mit selbstverdientem Essen, sie riecht den gemahlenen Kaffee darin. Der Geruch entspannt sie.

Weißt du, wenn ich als Kind mit Ruth unterwegs war, sah ich den verborgenen, warmen Bauch der uralten Stadt R. Ich fand das aufregend. Wir gingen durch eine kalte Straßenschlucht zu Kolonialwaren Spranger, wo es vor den Regalen mit den Lebensmitteln einen großen weiß gefliesten Bereich gab, in dem Männer in blauen Kitteln und Hosen dampfende Würstchen oder Reisauflauf mit Dosenkirschen aßen. Es roch nach heißer Milch, Sunkist und Putzmitteln. Ruth sprach oft mit einem Mann, der eine Haube auf dem Kopf hatte und aus einer Schwingtür mit Metallbeschlägen herauskam, um sich mit ihr zu unterhalten. Bei Tchibo richtete sie der Verkäuferin Grüße an die Mutter aus, wir nahmen ein Pfund Mokka mit für zu Hause, und sie trank im Stehen eine Tasse Filterkaffee, ich bekam Kakao. Dann gingen wir auf den Markt in die Fleischhalle zum alten Wolnik, über dessen Theke ein Foto von Breslau an der Wand hing. Wolnik nahm beim Reden die Hand meiner Großmutter und tätschelte ihren Arm, was sie erstaunlicherweise ohne Widerstand geschehen ließ. Er hatte fast keine schwäbische Kundschaft, nur «Flüchtlinge», denn er tat Knoblauch in die Würste, die spritzten, wenn man sie aus dem heißen Wasser nahm und mit der Gabel anstach.

Clara, meine Mutter, mied diese Orte. Ich nehme an, all das erinnerte sie an die Armut.

Sie verlassen Hand in Hand das Café. Dramatisch dicht über ihnen fliegt ein Helikopter – das bedeutet, dass wieder einmal jemand von Rettungskräften gesucht wird, der in die Isar gefallen sein könnte. Lotte wacht manchmal nachts erschrocken von dem Rotorengeräusch auf, dann begreift sie und schläft wieder ein.

Jetzt überqueren sie den Fluss und laufen oben auf der anderen Seite nach Süden. Von der Hochstraße hat man einen weiten Blick über die ganze frühlingshafte Stadt. Sie lehnen sich an die steinerne Balustrade, leichter Föhn bläst, die Berge sind deutlich zu sehen. Lotte hakt Frieder unter und zählt auf der anderen Seite des Flusses für ihn auf: Sankt Peter, das Heizkraftwerk, die Paulskirche an der Theresienwiese, der Justizpalast weiter hinten. Wie weit weg ist das alles von meiner Herkunft, denkt Lotte, diese gscherte, reiche, verspielte Stadt. Immer dieser hysterische Himmel.

Der Blick hier würde sich im Vorspann einer München-Fernsehserie gut machen, sagt Frieder anerkennend. Er hat nie hier gelebt, in dieser Stadt, die einfach keine Großstadt sein kann, aber natürlich kennt er den Tscharlie und den Achmed aus den *Münchner Geschichten*. Lotte spürt keine Verbundenheit. Sie hat, seit sie hier wohnt, zu viele Orte erkundet und wurde ihrer jedes Mal nach kurzer Zeit wieder müde. Sie bekamen keine Bedeutung für sie, kein Gewicht. Wie Flocken in einer Schneekugel. Erst seit Frieder sie hier besucht, mag sie ein, zwei Cafés, in denen sie zusammen waren. Sie geht allein dorthin zurück, wenn er fort ist. Es ist ihre Art, loszulassen und trotzdem bei ihm zu sein.

Nach Ruth kommt Clara, dann kommst du, hatte Frieder in Verona einmal laut nachgedacht. Du erzählst von euch Frauen, als ob ihr nicht nur Nachfahrinnen, sondern auch Schwestern wärt. Wenn du eine Tochter hättest, ginge es weiter.

Ja, hat Lotte für sich gedacht, aber glaubst du im Ernst, dass ich es noch eine Generation weitergeben will, das Erbe der Engeles? Und doch wäre es das Normalste auf der Welt, die Normalität hätte etwas Beruhigendes. Töchter machen jeder Frau klar, dass sie biologisch ihrem Ende entgegengeht, ohne dass jemand das für eine große Sache hält oder Mitleid empfindet. Niemand, der um sie weint, um den einst so schönen Bauch, um den Mund, der aufgehört hat zu blühen, um die unwiederbringlich verbrauchten Eierstöcke, die sie alle vier Wochen in ein stumpfsinniges Begehren jagten, früher einmal. Sogar dieses Abdanken zugunsten einer jungen Tochter fände Lotte im Moment reizvoll. Ein großer Teil ihres Lebens bestand nämlich insgeheim doch aus der Sehnsucht, so zu sein wie die anderen. Aber sie weiß auch: Daraus wird nichts.

Frieder hat vielleicht keine Ahnung davon, aber Mütter und Töchter sind dazu verdammt, Rivalinnen zu sein. Wenn sie klug sind, halten sie trotzdem zusammen. Eine Tochter kann nichts dafür, dass alle Welt Augen für ihre Jugend hat, und die Mutter kann nichts dagegen tun, wenn sie für Männer nicht mehr existiert.

Lotte findet diesen Mechanismus der Fortpflanzung ekelhaft, sie findet Männer ekelhaft, die Frauen nicht mehr ansehen, wenn sie über fünfzig sind. Und vor allem sieht sie darin einen weiteren Hinweis, dass dieser Gott, dem sie nun schon ein paarmal begegnet ist, nur ein Männer-Gott sein kann, was wirklich nichts Gutes bedeutet.

Was würde Ruth dazu sagen? Aber Ruth schweigt. Das Teufelchen springt nicht darauf an, obwohl es jetzt wunderbar prahlen könnte, dass Ruth in jedem Alter von Männern umschwärmt war. Sie haben aber eine hübsche Tochter, sagten sie und zwinkerten, wenn Ruth mit der Enkelin an die Nordsee fuhr, weil das den chronisch entzündeten Mandeln des Kindes guttat. Der Vater zahlte die Reise, die mit der Fahrt im Nachtzug begann. Morgens am nächsten Tag kamen sie dann an Orten mit Namen vorbei, über die sich Lotte kaputtlachte. Buxtehude. Itzehoe …

Ruth verwöhnte das Kind, oder genauer, sie verwöhnte sie alle beide. Sie aßen Eistorte oder gepulte Krabben aus Papiertüten, die im Hafen verkauft wurden, manchmal auch geräucherte Flunder. Lotte trug bunte Ringelpullover und Ruth Dreiviertelhosen. Das Kind pinkelte das erste Mal in seinem Leben nachts ins Bett und – vermutlich weil Ruth kein Drama daraus machte, sie schimpfte nicht einmal – auch das letzte Mal. Sie unternahmen organisierte Wattwanderungen, bei denen Ruth schnell Bekanntschaft mit – wie Lotte fand – alten, unangenehmen Männern schloss. Sie machten lange Spaziergänge auf den Deichen, und Ruth brachte Lotte das Lied «Kleine Möwe, flieg nach Helgoland» bei und das Einmaleins. Sie liefen und liefen, links das flache Land, rechts das graugrüne Meer, der Wind pfiff, und sie rechneten oder sangen. Eines Tages, sagte Ruth munter, werde ich schrumpfen, und du wirst größer sein als ich, wart's ab. Lotte wuchs auch brav, sie kam jeden Sommer nach drei Wochen mit einer neuen Puppe im Arm und fünf Kilo schwerer nach Hause.

Es ist leicht, eine Enkelin zu lieben, denkt Lotte. Für Ruth und Clara muss es viel komplizierter gewesen sein. Clara ist genauso alt wie die Mädchen, mit denen Siegfried sich eingeschlossen hat. Das ist das Schwärzeste zwischen Mutter und Tochter. Darüber lässt sich nicht reden. Es ist das große Tabu. Mädchen wie Clara sind das, was Siegfried begehrt. Die Tochter ahnt wahrscheinlich, dass sie den Vater ganz anders als bisher für sich haben könnte, dass sie ihn verführen könnte, aber in den kindlichen Triumph darüber mischt sich ein schreckliches Entsetzen. Clara ist noch so klein, gerade erst war sie bei der Erstkommunion, ihr ist das alles unheimlich. Von jetzt an ist sie viel zu früh im Besitz eines vagen Machtgefühls und ganz allein damit. Wenn sie durch die Wohnung geht, sucht sie plötzlich Orte, an denen sie sich verstecken könnte. Ruth ist auch nicht dumm, sie spürt, was mit dem Kind ist. Etwas Monströses steht jetzt zwischen ihnen. Kleine Schlampe, denkt Ruth einmal in so einem Moment. Dann wird ihr klar, was sie da macht: Sie sieht ihr blondes, ängstliches Kind als Komplizin von Siegfrieds Perversion. Sie geht in die Küche, wo sie allein ist, und schlägt sich selbst ins Gesicht.

Über diese Dinge sprechen sie nicht, niemals, solange sie leben. Deswegen schweigt auch das Teufelchen. Aber Lotte kann es sehen. Es sitzt ganz klein in einer Ecke des Zimmers, presst mit entsetzt aufgerissenen Augen die Lippen fest aufeinander. Es möchte schreien, aber es darf nicht.

Ruth wäre nicht Ruth, wenn sie nicht eine Fluchtmöglichkeit fände. Ihre Flucht heißt Theo Schober. Es kommt vor, dass für die Kinder nach der Schule nur ein Zettel auf dem Küchentisch liegt. Darauf steht, dass das Essen für die nächsten zwei Tage fertig im Kühlschrank ist und wie sie es aufwärmen sollen. «Übermorgen bin ich zurück. Wenn ihr etwas braucht, geht zu Tante Hilde. Sie kommt morgen auch und macht euch Frühstück.» Es sind die Tage, an denen Theo Schober sie mit dem Auto auf eine seiner Dienstreisen mitnimmt, meistens muss er nach Regensburg. Ein paar Stunden, vielleicht einen Tag fort von allem.

Theo Schober, der Chefarzt, will es ihr bei einer langen Autofahrt in seinem neuen Opel Kapitän in die Oberpfalz irgendwie psychologisch erklären. Wenn Menschen wie Siegfried im Krieg zu früh zu viel Grausames erlebt haben, meint er, sehnen sie sich vielleicht nach kindlicher Unschuld … Aber Ruth schreit ihn vom Beifahrersitz aus so böse an, dass er sofort still ist. Sie hat ja recht, denkt er. Was das für ein Mist sei, den er da redet!, brüllt sie. Natürlich habe auch sie die menschenfreundlichen Ausführungen ihres bewunderten Rudolf Virchow parat, über die menschliche Natur, die nur durch die Umstände deformiert werde! Ja, natürlich habe sie daran geglaubt und gedacht, daran würde sie immer, immer glauben, und dann kommt ihr eigener Ehemann, und sie verstehe es einfach nicht, warum ausrechnet er ein perverser Kinderfummler sein muss, sie werde es nie verstehen und sie könne ihm gleich sagen, der Unterschied zwischen der Betrachtungsweise von Virchow, den sie nach wie vor verehre, und ihrer heutigen, das sei ihr persönlicher Hass, jawohl, und mehr gebe es dazu nicht zu sagen, denn ihr Verstand sage das eine und ihr Hass das andere. Und deshalb soll er ihr nicht mit so einem Fotzkokolores kommen, bitte, in Zukunft nicht mehr, verstanden, Theo? Ja, ist gut, sagt er, ganz kleinlaut und ein bisschen zittrig. Er versuche ja nur, es selber zu verstehen. Schau mal, gleich sind wir in Nürnberg.

Trotzdem wird sie wieder jung auf diesen Reisen. Aber nicht so jung, dass sie etwa von Liebe träumt.

Nur die beiden Kinder sind viel zu verunsichert, um ihre Ausflüge leichtzunehmen. Das vorgekochte Essen ist gut und einfach zu wärmen. Aber sie haben erlebt, dass ihr Vater plötzlich nicht mehr zurückgekommen ist, und an solchen Tagen haben sie Angst, dass auch die Mutter fortbleibt. Sie überlegen in ihrem Zimmer, ob Ruth mit Theo eine Affäre hat, und was das bedeuten würde, ob sie dann einen neuen Vater bekommen. Sie hat aber gar keine.

Wenn sie irgendwo auf der Strecke bei einem Gasthaus halten und sie mit ihrer immer noch ansehnlichen Figur aus dem Auto steigt, sich eine Zigarette ansteckt und im Stehen raucht, während sie auf ihn wartet, wenn man sie für ein lang verheiratetes und gutsituiertes Ehepaar hält, dann spielen sie ein anderes Leben. Theo spielt mit, und dafür liebt sie ihn mehr als für alles, was er ihr als Liebhaber jemals bieten könnte. Ihre alte Mutter Berta bekommt immer irgendwie Wind von ihren Eskapaden und macht ihr in ihren Briefen Vorwürfe. Aber nicht einmal das stört sie.

Dann fährt Frieder weg, Lotte bringt ihn zum Bahnhof und schaut dem letzten Waggon nach, wie er vom Bahnsteig wegruckelt, auf das Hauptgleis einbiegt, schneller wird und kleiner, aber noch lange zu sehen ist, wenn man sich konzentriert. Sie kennt das Bild. Oft schnürt ihr Frieders Fortgehen die Luft ab, sie muss sich erst fassen, bevor sie ihr Gesicht wieder den Leuten zeigt. Heute nicht. Sie hat keine Lust zu weinen, sie ist beinahe fröhlich. Während sie nach Hause geht, läuten Glocken zur Maiandacht. Berta, die mit der Gottesmutter Maria so gutstand, wäre jetzt beten gegangen. Die Enkelin macht einen Bogen um die Kirchen, aber das Läuten gefällt ihr.

Wir sind doch seltsam verdammte Wesen, denkt sie, und wir hören Lotte jetzt kurz zu, obwohl sie gar nicht zu uns spricht, sondern nur zu sich selbst, während sie vom Bahnhof heimläuft, über heruntergefallene Baumblüten auf dem Asphalt an den lauten Straßen entlang:

Jemand hat uns in die Welt geworfen, ohne Auskunft darüber zu hinterlassen, was der Grund oder der Zusammenhang unseres Seins ist. Mir kommt das vor wie Sadismus.

Ein Mensch weiß in jedem Augenblick seines Lebens, dass er jetzt sofort sterben kann, und hat keine Ahnung, was dann aus ihm wird. Ob er sich überhaupt noch an sich selbst erinnert. Oder ob er dann in alle Ewigkeit wie eine halb bewusstlose eingelegte Gurke sein wird, ein Wesen, das gerade noch mitkriegt, dass es sich nicht mehr bewegen kann. Noch gar nicht zu reden von den Qualen, die man nach der kirchlichen Lehre des Mittelalters in der Hölle fürchten muss. Die Konvention gibt uns vor, dieses kleine, aber nicht unwichtige Detail unserer Existenz nicht ständig zu erwähnen, damit man den anderen nicht die Laune versaut. Aber ich finde schon, dass man es erwähnen sollte. Ich denke, dass man sich darüber klar sein muss. Das ist einfach die Grundkonstellation.

Eine andere Sache ist, dass dies alles ziemlich schlechte Voraussetzungen für die Entwicklung von Spiritualität sind. So total in der Defensive zu sein ist schlecht für die Kreativität, schlecht für die Stimmung und schlecht für die Umgebung – also für die Mitmenschen und für einen Gott, der andernfalls sicher viel bessere Chancen hätte, gemocht zu werden. Ich habe im Lauf der Jahre viel darüber nachgedacht. Sicher erscheint mir nur eins: Die beschissen unsichere Lage in puncto Gott führt zu einem allgemeinen Gefühl der Unsicherheit und Vereinzelung – und an dieser Stelle kommt jetzt das religiöse Verhalten ins Spiel. Beten fand ich in meiner Kindheit zwar beruhigend, es hilft aber auch nicht wirklich weiter. Ich denke, es ist nur einfach der einzig mögliche Versuch, Gottes Aufmerksamkeit zu finden, zumindest der einzige, der mir einfällt. Das führt zu der zweiten Überlegung, nämlich dass Kommunikation die größte Utopie unserer Spezies ist. Eigentlich können wir uns natürlich überhaupt nicht nahe kommen, denn jeder ist allein mit dem Problem, nicht zu wissen, wer er außerhalb der kurzen Zeit zwischen Geburt und Tod ist, es ist also gar nicht möglich, dass wir die existenzielle Trennung von den anderen Menschen überwinden könnten, die darin besteht, dass wir sterblich sind und vielleicht alle eingelegte Gurken in der Ewigkeit werden.

Spiritualität auf halber Flughöhe ist eigentlich eine gute Sache, will ich sagen. Bäume umarmen, mit Tieren reden, auf den Atem in dir hören und so weiter. Das macht das Leben erträglich, finde ich. Sie verfehlt aber meiner Meinung nach das eigentliche Problem. Das Problem ist, dass der Tod uns in eine Weltraum-Ewigkeit holt, von der wir nicht wissen, ob dort noch Kontakt zu irgendetwas besteht oder nicht, und ob wir dann in uns eingesperrt sind, das alles ist doch ein ziemlicher Hammer, wenn man zum Beispiel Brezen kaufen geht und einem das plötzlich voll bewusst wird, da kann man schon mal ein Pferd umarmen, oder?

Ich kenne nur zwei Möglichkeiten, Ewigkeitspferde zu entmachten. Wenn du dem Menschen begegnest, den du wie verrückt liebst, und es nur noch Bauch, Herz und Gegenwart gibt, jedes Mal immer nur eine große, große Gegenwart, so vergänglich, dass sie ganz unzerstörbar wird. Das ist das eine. Das andere ist die Literatur. Da unterhalten sich die Lebenden mit denen, die im Sinne der Ewigkeit längst Gurke sind, aber dennoch Teil des Gesprächs, über die also gelacht wird, die wahrhaft verabscheut werden oder innig herbeigesehnt.

Um also auf Ruth zurückzukommen: Wer ist schuld daran, dass die Ewigkeit meine geliebte Vorfahrin am Ende in einem so elenden Zustand ereilte? Die Frage ist ja nicht ganz unwichtig. Hat sie zu wenig Bäume umarmt? Zu wenig Kerzen in Tschenstochau spendiert? Wer hat veranlasst, dass sie, die sich aus der gesellschaftlich verschuldeten Unmündigkeit ihrer Herkunft aufmachte und alle modernen Möglichkeiten zur Selbständigkeit nutzte, die also auf alles Jammern verzichtete, stattdessen aus dem Kohlerevier in Virchows weiße Welt wanderte und von dort zu den Engeles, und wenn es schwierig wurde, nur noch wilder ward, unweigerlich durchkam und das «frech» nannte – wer hat veranlasst, dass sie in diesem Leben direkt zur Hölle fuhr? Du kannst ihrer Geschichte genauso gut den Titel geben: Von einer, die auszog, um aufs Maul zu kriegen.

Am nächsten Tag verschüttet Lotte Milch in der Küche, so als gäbe es da Kätzchen zu füttern. Ihre Periode ist überfällig, sie ist am 32. Zyklustag, und sie weiß, in der Erzählung für Frieder kommt jetzt der letzte Teil. Umgekehrte Reihenfolge wie bei Dante. Es endet nicht im Himmel. Sie fahren alle zur Hölle, und wir Kinder sahen ihnen, als sie zu Alten geworden waren, sogar noch dabei zu. Wir sahen sie in unserem neuen, modernen Haus herumgehen und begriffen nicht, was wir sahen. Alle fahren wir zu Hölle, ich auch, denkt Lotte. Das ist der Fluch Gottes, der gekränkt war, dass er nicht vorkam in Ruths Kopf, in ihren schönen, zukunftsoffenen Träumen. Wahrscheinlich war Gott in Ruth verknallt und konnte sie nicht haben. Sie dachte einfach nicht an ihn. Ich weiß schon, warum ich geflissentlich Abstand zu Gott halte. Abgesehen davon mag ich ihn auch nicht. Es war einfach gemein und böse, Ruth und Clara das anzutun.

Vielleicht wäre es leichter gewesen, wenn sich Ruth hätte scheiden lassen, aber vermutlich hat Kranzeneder ihr abgeraten. Sie ist fast vierzig, als Siegfried ins Gefängnis kommt. Sie arbeitet jeden Tag und kommt trotzdem nur zurecht, weil sie die Beamtenwohnung hat, in der sie nicht bleiben könnte, wenn sie nicht mehr Frau Engele wäre. Die Kraft, noch einmal neu anzufangen, als alleinstehende Mutter, bringt sie auch später nicht auf. Wenn sie sich scheiden ließe, stünde sie ohne einen Pfennig da. So haben sie wenigstens Siegfrieds Pension in Aussicht, etwas Geld zum Leben, auch wenn die Bezüge nach der Verurteilung gekürzt wurden. Vielleicht denkt Ruth auch, dass Siegfried alt ist und bald stirbt.

Aber er stirbt nicht so schnell. Siegfried wird 1959 nach vier Jahren vorzeitig entlassen und ein hohes Alter erreichen. Ruth bestraft ihn sechzehn Jahre lang jeden Tag mit ihrem Hass für das, was er getan hat. Was meinst du,

Frieder, hat sie es aus Vernunft oder aus Rache getan? Bei ihm zu bleiben, meine ich.

1959 ist das Jahr, in dem ich geboren wurde, merkt Frieder an. Ja, sagt Lotte, und das, in dem mein Großvater einen Knastchor gründet. Ich glaube, er konnte gar nicht anders, irgendwie musste er immer Musik machen. Was, meinst du, haben sie da gesungen? «Am Brunnen vor dem Tore?» Auf jeden Fall kommt er so schneller raus.

Ich werde mir etwas Neues suchen müssen und ihr auch, Mutti, sagt Kranzeneder eines Abends. Er lässt sich auf der Eckbank nieder und gießt sich ein Glas Bier ein. Er schaut ganz betrübt aus seinem runden Kasperlkopf, denn er hat sich an dieses Leben hier gewöhnt, er weiß, dass er es vermissen wird. Ruth ist wortkarg, dreht sich zum Herd. Kranzeneder kennt sie inzwischen gut, und dass ihr Hintern bebt, ist kein gutes Zeichen. Sie haut ein Spiegelei so heftig in die Pfanne, dass der Dotter platzt, und schickt der Sauerei ein wasserpolnisches «pjerunie!» hinterher. Ein Brief ist da. Siegfried kommt in einem Monat frei. Gute Führung. Mehr noch, man biete ihm sogar eine Stelle an, schreibt er. Er könne den Chor in der Haftanstalt gegen eine gute Bezahlung weiterführen und darüber hinaus als Musikpädagoge im Gefängnis arbeiten. Die Familie müsste natürlich umziehen, was sie davon hält? Schon wieder bringt dieser Idiot alles durcheinander!, wütet Ruth in der Küche. Nicht mit mir! Im Knast wohnen – ich bin doch nicht verrückt! In Wirklichkeit hat sie einfach Angst davor, dass er zurückkommt.

Als ihr Vater aus der Haft entlassen wird, bricht alles, was sie notdürftig überstanden hat, wieder über Clara herein. Sie arbeitet jetzt, siebzehn Jahre alt, nach der Handelsschule im Büro einer Zigarettenfabrikation. Es ist Oktober, sie steht schon lange wieder im Dunkeln auf, geht an den Jahrhundertwendehäusern vorbei zur Straßenbahn, setzt sich neben ihre Freundin Märle, die zwei Haltestellen früher einsteigt, zusammen haben sie sich im August denselben Haarschnitt machen lassen, der schon ziemlich herausgewachsen ist: Ganz kurz war er, wie bei Jean Seberg in *À bout de souffle*, und solange es warm war, haben sie auch am Abend noch dunkle Sonnenbrillen dazu getragen. Der einzige Nachteil ist, dass man dann den Lidstrich nicht sieht. Märle frisst trotz der Vorliebe für französische Filme Gelbwurstbrote, die man im Schwäbischen mit einer dicken Schicht Butter unterlegt. Sie hat sich heute drei Stück gemacht und mitgenommen, denn am Abend wollen sie ins Stadttheater gehen; Heinz mit Ilse und seinem Freund Peter, der ein langer Schlaks ist, Fliege trägt und in der Stadtverwaltung arbeitet. In den Taschen der Mädchen fahren deshalb an diesem frühen Morgen, der nach kalter Luft riecht, auch elegante Abendschuhe und schwarze Ohrclips mit ins Büro. Clara ist immer noch dünn und schmal, und seit Siegfrieds Rückkehr kann sie fast nichts essen, trotzdem wird sie nicht hungrig.

In der Bahn sitzt etwas entfernt von ihr auf einer der polierten Holzbänke eine Frau, die Clara einfach anstarren muss, auch wenn sie es nicht will. Die Frau ist jung und noch viel dünner als Clara, sie hat einen Trenchcoat an, der kaum mehr als ein Skelett bekleidet. Die aschblonden Haare sind zu einem strähnigen Pferdeschwanz gebunden. Trotz dieser elenden Erscheinung hat sich die Frau Mühe gegeben, ihr Gesicht zu schminken. Die Wimpern sind getuscht, sie hat Puder und sogar etwas Rouge aufgetragen, aber die Augen schauen blank und dunkel wie die einer Amsel aus dem mageren Gesicht. Clara zwingt sich, nicht ständig hinzuschauen. Als sie in der Mittagspause auf den Rathausplatz gehen und sich in die kaum noch wärmende Sonne setzen, sieht sie die Frau wieder. Sie hat immer noch den Mantel an und scheint auf jemanden zu warten. Wieder ist Clara erstaunt, wie unauffällig das Elend dieses Körpers sich unter den anderen Menschen ausnimmt. Als Clara am Abend nach dem Theater den Trenchcoat zum dritten Mal an diesem Tag bemerkt, diesmal auf der anderen Straßenseite vor dem Teppichgeschäft, wird ihr klar, dass die dünne Frau nur in ihrer Einbildung existiert. Danach reißt sie sich zusammen und fängt wieder an zu essen.

Alles trifft ein, wie Kranzeneder es gesagt hat. Nachdem Siegfried entlassen ist, wird ihnen sofort die Wohnung gekündigt. Es ist jetzt eine Frage der finanziellen Möglichkeiten, wo sie unterkommen. Ruth findet wie immer die richtige Lösung. Sie ziehen von der schönen Etagenwohnung am Park in einen billigen Neubau draußen am Stadtrand.

Das Viertel besteht aus Wohnblöcken, die direkt neben den Feldern hochgezogen werden. Wenn Clara von der Arbeit kommt, läuft sie durch Baustellen, alles wird ständig schmutzig. Sie hat schon seit Siegfrieds Verhaftung das Gefühl, nie sauber genug zu sein.

Der Dreck, in dem sie lebten, hatte sich in fortschrittlichen Dreck verwandelt.

Mir fiel als Kind nie auf, dass mein Großvater schon so alt war, denn er hat immer gearbeitet. Als Siegfried entlassen wurde, war er fünfundsechzig Jahre alt und fing sofort an, Geld zu verdienen.

Noch in den Monaten vor seinem Tod, als er schon achtzig war, setzte er sich jeden Mittwoch tadellos gekleidet auf ein stabiles Damenfahrrad und fuhr die fünf Kilometer von dem Neue-Heimat-Wohnblock in die Stadt. Dort tauchte er in die deutsche Geschichte ab und führte Touristen durch das Anschauungsmaterial aus Mittelalter und Renaissance, das in R. überall massenweise herumsteht. Er konnte diese Sachen so spannend erzählen, dass jedes Detail eine Bedeutung bekam.

Anfangs arbeitete er noch bei einem großen Leuchtröhrenhersteller. Ich habe mich oft gewundert, dass sie dort einen verurteilten Kinderverderber jenseits des Rentenalters einstellten. Aber da hatte Ruth wieder ihre Finger im Spiel mit ihrer Begabung für das Bekanntschaftenschließen. Es gab eine Freundin, die im Sozialamt arbeitete, und deren Freundin wiederum war die Geliebte des Leuchtröhren-Fabrikanten. Ilse, sagte Ruth, willst du nicht mal fragen? Musst den Idioten nicht verteidigen, kannst ja auf Mitleid für die Kinder machen, aber wir brauchen das Geld. Die Summer, so hieß sie, Ilse Summer, wurde also gebeten, ein Wort für Siegfried einzulegen. Tatsächlich hatte er im Knast genau das getan, was er beim Militär immer tat, wenn er Zeit absitzen musste: Er bildete sich weiter. Als Siegfried freikommt, hat er sich Buchführung und die Grundbegriffe von Betriebswirtschaftslehre angeeignet. Das Wissen des verhinderten Komponisten Engele reicht danach für eine Stelle in der Buchhaltung.

Die Summer, eine verrückte Person mit wenig Busen und großen Händen, die sich vollkommen darüber im Klaren war, dass sie als Geliebte des Fabrikanten ein Klischee lebte, aber eines, in dem sie sich wirklich wohl fühlte, tat sogar noch mehr. Wie die meisten Geliebten verheirateter Männer hatte sie nicht oft Gelegenheit, mit ihrem Ludwig auszugehen, bekam aber von ihm als Ausgleich für den Umstand, dass sie nicht geheiratet wurde, immer noch mehr teure Kleider geschenkt. Das ging ihr fürchterlich auf die Nerven. Deshalb verschwand von da ab regelmäßig ein Teil ihres überfüllten Kleiderschranks zu Clara, die ungefähr die gleiche Figur hatte.

Als Siegfried beauftragt wird, Werksbesichtigungen für Großkunden und Gäste zu organisieren, kommt er auf die

Idee mit den Stadtführungen. Wenn er Busgruppen hat, nimmt man ihn hinterher mit zu Kaffee und Kuchen, Siegfried liebt Süßes und hat immer zu wenig davon. Außerdem bekommt er reichlich Trinkgeld, das er zu Hause auf den Tisch zählt. Dann sperrt er es weg. Jedes Jahr im Sommer fahren sie mit diesem Geld in eine Pension an den Wörthersee. In Claras Gepäck die Kleider von der Summer. Ihnen gelingt tatsächlich ein kleines Wirtschaftswunder.

Es stimmt, Siegfried arbeitet. Aber zu Hause spricht er nicht mehr. Am Anfang noch. Dann merkt er, für jedes Wort bekommt er blanken Hass zurück. Früher war er Ruth gewachsen, aber das hat sich geändert. Es ist zu viel passiert. So verstummt er.

Frieder, der neulich noch hoffte, Ruth würde ihren Mann einfach an der Gefängnispforte abholen und alles würde gut, ist jetzt ungefähr in der Realität angekommen und findet: «Ich kann ja verstehen, dass sie ihm nicht gerade um den Hals gefallen ist und rief, Schatz, wie schön, dass du wieder da bist.»

Ja, du hast recht. Ich wüsste auch nicht, wie man mit so einer Sache umgeht. Heute würde man zur Ehetherapie geschickt, nehme ich an. Oder die ganze Familie zur psychologischen Beratung. Aber das gibt es damals nicht. Ruth musste sich immer selbst helfen, und das macht sie auch diesmal. Sie gewinnt die Oberhand über die Lage und über ihre entsetzliche Verzweiflung, indem sie diesen Mann knechtet. Sie werden zu einer Leidensgemeinschaft, die ineinander verkrallt ist und nach außen hin Normalität simuliert.

Er bekommt am Tisch, an dem auch seine Kinder Clara und Werner sitzen, wortlos das Essen hingestellt, er wird als alter Depp beschimpft, wenn er den Aschekasten am Ofen nicht sauber genug macht. Sie schreit ihn mit einem Zorn an, der die Kinder ängstigt, und wird selber immer dicker und stämmiger von ihrem Hass. Sie isst gierig und bekommt einen Bauch wie ein Mann. Er, der schon demütig und schuldbewusst zurück nach Hause kam, wird dünner und noch zaghafter. Sie brüllt ihn sogar vor Leuten an, wenn sie in der Stadt sind und er vor einem Schaufenster stehen bleibt. «Ja, schau nicht so blöd, was meinst du, was ich blöd geschaut habe, auf Sachen, die ich zum Leben brauchte und nicht kaufen konnte, weil der Herr nicht an uns gedacht hat!»

Er verzieht sich in Traumwelten, in die Erinnerungen an früher, die jetzt seine einzige Fluchtmöglichkeit sind. Wenn sich sein Gesicht kurz entspannt, fragt sie schneidend, was es zu grinsen gebe. Irgendwoher bezieht sie gebrauchte, besonders ordinäre Erotikhefte, die sie ihm höhnisch vor seine Zimmertür knallt. Soll er sich doch einen runterholen, das Schwein.

Die Hefte gab es auch noch in den Jahren, in denen ich oft bei Ruth und Siegfried zu Besuch war. Sie lagen aufgestapelt neben dem Nussholzschrank, in dem Ruths Persianerjacke hing. Wer weiß, wie dieser Pelz die schlechten Jahre überstanden hatte. Ruth musste viel verkaufen, auch Schmuck. Zu dem Aquamarin, den sie am Finger trug und der die Farbe ihrer Augen hatte, gehörte ursprünglich ein Collier. Das wurde losgeschlagen. Sie besaß nicht mehr viele Dinge von Wert, aber das merkte ich erst später. Als Kind war ich hingerissen von allem, was zu ihr gehörte. Manchmal durfte ich etwas von ihr mitnehmen oder «abstauben», wie sie sagte. Auch das, was sie bei ihren Klautouren durch die Kaufhäuser machte, nannte sie vermutlich so. Ich staubte bei ihr Sachen ab wie eine Kette mit falschen Goldschnüren und Plastikperlen oder einen Rest des Männerparfums, das sie benutzte und das an ihr eine weiche Note bekam. Als sie gestorben war, hütete ich noch jahrelang einen kurzen dunkelgrünen Waschpelzmantel, bis ich mir eingestehen konnte, dass er scheußlich war und ich ihn nie tragen würde.

Aber ich verehrte alles, was von ihr stammte, sie war ja meine Heldin. Und doch, mein Lieber, je länger ich von ihr erzähle, desto klarer wird eine andere Erinnerung, eine, die ich nicht mag. Präziser: Ich mag Ruth nicht, wie sie darin ist. In ihren Hassanfällen.

Meine Vorfahrin wurde dann zu einer ganz anderen Frau. Siegfried allein genügte ihr nicht als Ziel, ihr Zorn brauchte mehr Raum. Er konnte auch einen Busfahrer treffen, der das Schild mit dem Fahrziel an der Endstation nicht rechtzeitig wechselte. Ruth pöbelte dann vor allen Leuten. Sie konnte das. Sie war klein, billig, ordinär und außer Kontrolle. Ich schämte mich mit ihr.

Ich erinnere mich an Siegfrieds Bewegungen, die denen eines oft geschlagenen Hundes glichen, der versucht, alles richtig zu machen, und die Strafe trotzdem kommen sieht. In seinem Zimmer schreibt er Briefe an Bekannte von früher, einmal kam sogar der alte Grabner und übernachtete auf dem Sofa. Um Streit zu vermeiden, regelt Siegfried jetzt so viel wie möglich mit Gesten oder jedenfalls wortlos. Aber wenn er Klavier spielen will, muss er sie fragen, und er weiß, dass er die Frage jedes Mal büßen muss. Auf das Klavier zu verzichten, bringt er einfach nicht fertig.

Nein, Clara hatte wirklich keinen Grund, an die Liebe zu glauben, denkt Lotte. Aber trotzdem will sie es unbedingt versuchen.

Wieder gibt es ein Foto: Vier Frauen an einer üppig mit Kuchen und Torte beladenen Kaffeetafel. Ganz hinten die alte Berta, ein schrumpeliges Weiblein mit weißen Haaren und einem zahnlos aussehenden Kiefer. Neben ihr Ruth, nicht mehr jung, etwa Mitte vierzig und mit jetzt gefärbten kastanienbraunen Haaren. Gegenüber im Vordergrund Siegfrieds Schwester Bruni, in deren Haus in W. wir uns befinden. Sie ist immer noch ein Fräulein, auch wenn sie alt und bucklig geworden ist; sehr verschmitzt und kaum frisiert schaut sie aus der selbstgestrickten Weste. Und auf dem Sofa, in einem Kleid mit weißem Bubikragen, mit gerade durchgestrecktem Rücken, die Neuigkeit im Gesicht wie ein Rufezeichen, sitzt Clara, meine künftige Mutter. Sie hat sich verlobt. Sie weiß jetzt ganz sicher, sie kommt da raus.

Der Verlobung folgt bald eine Heirat, bei der Theo Schober Trauzeuge ist und die im Saal eines gutbürgerlichen Wirtshauses gefeiert wird, was bedeutet, dass man es sich leisten kann. Und dann werden die Dinge plötzlich und unerwartet für alle leichter, nur nicht für Clara selbst. Es ist eigentlich einfach. Das kleine Haus der Anfangszeit mit Garten und einem Birnbaum, in dem sie, der vielversprechende Ehemann und nach zwei Jahren auch das Baby Lotte wohnen, ist ein sorgfältig abgeschirmter Ort. Kein Schicksal darf hier hereinkommen, entscheidet Clara und nimmt dafür eine gewisse Totenstarre in ihrem Inneren in Kauf. Aber hier werden sie alle wieder annähernd eine normale Familie, Ruth und Siegfried, Hilde mit ihrem neuen Mann, Werner, der mit wechselnden Freundinnen aufkreuzt, Claras Schwiegereltern. Lottes früheste Erinnerungen sind Lampions vor Bäumen und Stimmengewirr. Alle sitzen sie an warmen Abenden auf der Terrasse und grillen. Sie klemmen einen Rost zwischen zwei Ziegelsteine über ein Feuer. Wenn Lotte genug herumgerannt ist, schläft sie mit diesem schwirrenden Gerede in der Hollywoodschaukel ein.

Diese Leute passten überhaupt nicht zusammen, aber sie waren die ersten Menschen, die ich kannte, und ich fühlte mich wohl bei ihnen. Im Licht dieser Abende sieht alles glücklich und nach Sommer aus.

Und so kommt es, dass dies die Vorstellung wurde, die ich von meiner Familie habe. Alle waren sie da, sie redeten zu laut oder schwiegen satt für eine Weile. War irgendwo am flackernden Grillfeuer Siegfrieds schwarzer Engel zu sehen? Ich glaube nicht. Und doch muss es ihn gegeben haben.

Man ließ Siegfried hier in Ruhe. Er unterhielt sich mit Clara und ihrem Mann oder schaute einfach nur freundlich. Ruth und Hilde machten Faxen wie Teenager, die neue Schwiegermutter saß ruhig und etwas langweilig bei ihrem Mann. Ich erfuhr als Kind nie von den Anrufen, die Siegfried jahrelang aus der Telefonzelle wie Notrufe absetzte: Clara, ich halte das nicht mehr aus mit dieser Frau. Ich kann nicht mehr.

Und Ruth? Die böse Ruth? Die spielt, als bald darauf das neue Haus gebaut und der Bruder auf der Welt ist, besonders gern Prellbock mit uns Kindern. Das heißt, dass sie der Prellbock ist und wir am Ende alle drei völlig fertig sind und rote Köpfe haben. Dafür müssen wir uns erst einstimmen, in dem Kinderzimmer, in dem wir an solchen Abenden alle drei schlafen, Ruths Matratze mit dem Bettzeug liegt schon auf dem Fußboden.

Das Einstimmen geht gut mit einem Satz, den Ruth halblaut vor sich hinsummt, und den wir natürlich genau kennen. «Im Bett, da ist es nett!», juchzt dann ein Kind nach, was die Großmutter brummt. Es ist zum Beispiel Sonntagabend gegen sieben, wenn es nach den Eltern geht, sollten jetzt – alle drei! – nicht mehr zu hören sein im Haus, aber davon ist keine Rede. «Im Bett, da ist es nett!», und dann noch einmal. Ein Reim verlangt immer den nächsten. «It's nice to be a Preiß!», brüllt jetzt der kleine Bruder, der auch die Fortsetzung kennt: «But it's higher to be a Bayer!» Wir hüpfen in den Schlafanzügen auf den Betten herum, dass das Rumpeln der Lattenroste bis ins Wohnzimmer zu hören ist, wo im Vater gleich wieder die Wut hochsteigt und es nicht mehr lange dauern wird, bis er wie ein Springteufel nach oben in den ersten Stock rast und brüllt. Ruth steht kurzhaarig und breit im Türrahmen und grinst ihn provozierend an, immer eher dabei, uns Kinder weiter anzustacheln, als zu bremsen. Außerdem weiß sie, dass er Angst vor ihr hat. Sie belegt ihn halblaut mit den Flüchen aus ihrer Kindheit, *pampun*, du Bauer. Der Vater brüllt, dass jetzt Ruhe ist, Clara kommt aus der Küche, dünn, blass und genervt von allem. Sie zieht, wenn es gutgeht, ihren wütenden Mann zurück ins Wohnzimmer und verdreht die Augen in Richtung Ruth. Jetzt hör auf, heißt der Blick. Aber wir machen, wo wir schon mal verschwitzt und in Fahrt sind, weiter Faxen, ist ja klar. Ruth lässt sich von ihrem Enkel, der im Fernsehen Western gesehen hat, fesseln, Hände auf den Rücken, Knebel in den Mund. Sie bekommt einen roten Kopf und grölt vor Freude, allerdings kann sie natürlich nicht mehr reden. Der Enkel zieht seinen Cowboyhut auf und schießt mit dem Plastikgewehr auf die gefesselte Oma. Dann stürzt er sich auf sie und kitzelt sie, schließlich steigt er auf ihren dicken, in einen bärenbraunen Pullover eingepackten Bauch, der für seine kleinen, bloßen Füße wie ein weiches Kissen ist. Er hüpft probeweise. Ruth grunzt jetzt ein bisschen vor Schmerz. Dann muss die Beute auf Knien und Händen das Pferdchen spielen, und wir reiten auf ihrem Rücken, aber wir sind schon wieder zu laut, denn auf einmal fliegt die Tür auf, der Vater ist wieder da und schreit, Ruth reißt sich wie Wonderwoman von den Fesseln los, holt sich den Knebel aus dem Mund (auf den der Vater gehofft hatte) und brüllt mit wogendem Busen zurück, starrt ihn böse an. Sie vergisst für einen Augenblick, dass da der Mann ihrer Tochter steht und nicht Siegfried. Egal, ein Mann ist wie der andere, oder nicht? Lotte denkt erschrocken, jetzt scheuert sie ihm eine, aber Ruth kommt gerade noch zur Vernunft, geht einen Schritt zurück, holt Luft, wirft sich auf ein Kinderbett und lacht wie irrsinnig, weil sie ihn aus der Fassung gebracht hat. Wenn sie so außer Atem ist, fühlt sie sich endlich wieder frei. Und schläft dann noch vor den Kindern ein, leicht ranzig riechend auf der Matratze zwischen ihren kleinen Betten.

Die Liebenden sollten jetzt eigentlich eines begriffen haben, sofern sie dieses Erzählen nicht nur als Zeitvertreib bis zum nächsten Wiedersehen betrachten. Liebe kann jeden Moment in eine Katastrophe führen. Aber da es nun wirklich Liebende sind, und an der Echtheit ihrer Gefühle besteht kein Zweifel, zumal sie miteinander nie anderswo leben als in der unmittelbaren Gegenwart, sich also keine Versprechen machen oder Möbel zusammen kaufen, darum sehen sie nur im stürmischen Anfang dieser Begebenheit etwas, das ihnen ähneln könnte.

Selbst Lotte, die Ruths Zuckerpuppe war und ihre Lehre verstanden hatte, kommt gar nicht auf die Idee, dass ihnen beiden das Schicksal ähnlich dreinfahren könnte. Lotte erzählt also eine Geschichte, die lehrt, dass schon erste Vorboten von Verliebtheit zu tiefstem Misstrauen Anlass geben müssten; zu Alarm bei Herzklopfen und zu schnellster Emigration bei dem Gefühl, man habe den einen, den einzig richtigen Menschen im Leben gefunden. Das sind die Möglichkeiten, die vernünftig wären. Und was tun die beiden? Sie verabreden sich für Ende des Monats in Berlin.

Wir aber nehmen diesen Moment, packen ihn in ein Einmachglas, das mit dem Datum beschriftet wird, und stellen ihn unten im dunklen Keller auf das Brett gleich neben die eingelegten Gurken. Wir werden sehen, was davon bleibt.

Ach, das ist gut, dass wir uns bald sehen, sagt Lotte und hat eigentlich grundlos das Bedürfnis, Schutz zu suchen bei Frieder. Lotte, die im Moment die Regale mit den Schwangerschaftstests umgeht und sich mit Arbeit eindeckt. Sie nimmt einen Auftrag an, für den sie sich übermäßig vorbereiten muss, und ekelt sich vor dem Huhn in Tomatensoße, das sie selbst gekocht hat.

Vielleicht schlägt ihr auch die Geschichte aufs Gemüt. Der Teil, den sie jetzt gleich erzählen wird, ist das böse Ende, wie in einem Märchen, in dem das kecke Kind bestraft wird. Dabei war Ruth gar kein keckes Kind. Sie war nur fortgegangen von zu Hause, hatte einen Beruf gelernt, an Fortschrittlichkeit geglaubt.

Nichts davon blieb, außer vielleicht dass sie immer modisch mit der Zeit ging, sogar wenn sie kein Geld hatte. Irgendwie schaffte sie es. Sie schnitt sich die Haare selber. Es gelang ihr nicht immer gut. Manchmal sah sie aus wie ein gerupfter Kobold. Sie lachte dann lauter. Nachts nähte sie ihre alten Kleider um.

Ruth und Siegfried leben also weiter als Ehepaar zusammen, und Ruth führt fast sadistisch die Aufsicht. Heute denke ich, dass Clara manchmal Angst hatte, ihr Vater würde sich etwas antun. Aber sie hat ja gar keine Zeit, da ist das dritte Kind unterwegs, das große Haus, der Ehemann, der versorgt sein will. Und sie lebt schließlich, sagt sie sich müde und mit einem hässlich verkrampften Mundwinkel, ihr eigenes Leben.

Zwischen alldem, Frieder, verbrachte ich eine Wald- und Wiesenkindheit. Meine Welt begann außerhalb des elterlichen Grundstücks. Es gab andere Kinder da, die bis heute meine Phantasie bevölkern. Einer hatte keine Mutter mehr. Bei der Geburt gestorben, dachte ich lange, aber es war dann doch Krebs gewesen. Die andere hatte reichere Eltern als ich und schlug ihr Kaninchen einmal mit der Leine, die eine Kette war. Und natürlich Sabine, die es mit dem Klapprad zerlegt hat. Keiner sorgte sich darum, wenn wir halbe Tage lang fort waren. Im Wald, weil die Schildkröte aus dem Garten entwichen war und wir glaubten, sie müsse dahin gelaufen sein. Oder oben auf den Feldern, wegen der Aussicht, wo die Muttergottes auf blauem Hintergrund vom Feldkreuz aus mit uns über die Flussebene schaute. Es gab einen Geheimgang entlang der Flussböschung, hieß es. Wir entdeckten Eingänge. Man musste eine Kerze anzünden, damit man merkte, wenn der Sauerstoff ausging, dann erlosch angeblich die Flamme. Das wussten wir, aber wir trauten uns nicht hinein. Wir bewährten uns bei Mutproben, die darin bestanden, über Wasserläufe zu springen. Wir fingen Kaulquappen und stachen einmal mit dem Finger in ein Vogelei, in dem ein nacktes Junges war, das dann starb. Wir sahen es am nächsten Tag ausgetrocknet und faltig mit seinem großen Kopf daliegen. Keiner von den Erwachsenen wusste, was wir die ganzen Nachmittage lang trieben in diesen Sommern.

Am wenigsten Clara. Sie hatte Rückenschmerzen und fühlte sich schuldig, weil es ihr so gutging, wie sie sich sagt. Sie hat keine materiellen Sorgen mehr, sondern einen Swimmingpool! Ihre Kinder – und darunter ein Stammhalter! – werden aufwachsen, ohne das Gefühl von Not zu kennen. Sie schleppt uns zu einem Kinderarzt mit einem so blumigen Namen, dass sein Gerede über unsere blonden Köpfe – er nannte uns wirklich «deutsche Kulturgutträger» – später jahrelang das Misstrauen in mir nährte, da sei ein Nazi-Arzt mit falschem Namen untergetaucht und praktiziere jetzt friedlich in den grünen Hügeln bei der Stadt R.

Und dann hat Clara auch noch Ruth um sich, die lieber bei der Tochter ist als in der eigenen Wohnung.

Clara lässt Ruth machen, aber sie unternimmt oft Spaziergänge mit ihrem Vater oder schickt ihn mit Lotte im Kinderwagen los. Mit Lotte, die noch nichts versteht, sondern nur aus großen Augen schaut, spricht Siegfried. Erst dann, wenn sie außer Hörweite der anderen sind, findet er seine Stimme wieder. Stundenlang sind die beiden unterwegs, das propere Kleinkind und der Greis. Sie fahren die Gehwege im Wohngebiet ab, Siegfried grüßt freundlich, keiner kennt ihn hier, alles ist ganz leicht. Clara tut ihr Vater leid. Verzeihen kann sie ihm trotzdem nicht.

Du musst dir vorstellen, Frieder, ich kannte ihn nur als kultivierten alten Mann. Wenn ich bei den Großeltern übernachtete, schlief ich im Ehebett, in dem Ruth sonst allein lag. Der Großvater ging abends früh in sein kleines Zimmer und tauchte nicht mehr auf. Wenn er morgens wieder herauskam, war er bereits stadtfein gekleidet und roch nach Rasierwasser und Rachengold, das Rachengold war in rotes Papier gewickelt und schmeckte mir nicht, weil es sehr scharf war.

Er beschäftigte sich viel mit mir, er langweilte sich offenbar überhaupt nicht dabei. Warum die Türen von Mutter und Großmutter immer offen gelassen wurden zu dem Zimmer mit dem Großvater und dem blonden Kind, das begriff ich erst viel später.

Genauso merkte ich erst viel später, dass Ruth und Clara jeden in ihrer Umgebung schlechtmachen mussten. Ihre Gespräche nahmen unwillkürlich immer dieselbe Richtung, in deren Verlauf eine bestimmte Person johlend als «geiler Bock» oder als «Sau» bezeichnet wurde und der betreffende Ehemann als dümmlicher Versager, mit dem die «Sau» geschlagen war. Auch Männer konnten eine «Sau» sein. Wie der Organist Hubertus, der beim Improvisieren für das Hochamt auf der Orgel von W. angeblich Pornobilder anschaute. Besonders aufgestachelt war Ruth, wenn sie den Nachweis führen konnte, dass eine, die auf feine Dame machte, eine «Sau» war, das konnte sexuell gemeint sein oder einfach bedeuten, dass deren Kinder in löchrigen Sachen gesehen worden waren oder sie selbst einmal ungewaschen gerochen hatte.

Siegfried war für solche Gespräche taub – obwohl er ja die Sau war, die sie im Grunde immer meinten. Er lebte in seiner Kunstwelt. In diese Welt nahm er einen mit. Über uns in der Bücherwand standen die Gesamtausgaben von Goethe, Schiller, Heine und Cäsar Flaischlen. Goethe war tannengrün, Schiller weinrot, Heine war der Frühling: lindgrün mit hellem Muster. Siegfried hatte seiner Tochter die Bücher inzwischen genauso vermacht wie das Klavier, das einst statt des Autos gekauft worden war, das Klavier, auf dem ich als kleines Kind obendrauf gelegen hatte. Jetzt stand es im neuen Haus in einem Zimmer im Erdgeschoss, das aus diesem Grund nicht mehr Bügelzimmer hieß, sondern Klavierzimmer. Meine Mutter saß oft dort und übte. Ihre Töne kamen eckig und abgehakt aus dem Zimmer, als müsste auch nach der tausendsten Wiederholung immer noch der Fingersatz in Erinnerung gerufen werden, als könne sie nur so spielen, mit vor Konzentration durch die Lippen nach außen geschobener Zunge. Meine Mutter hat sich an diesem Klavier abgearbeitet wie an einer Lebensaufgabe, die sie sich nicht selbst gestellt hatte. Dieses Instrument war genau wie ihr Vater.

Nachdem er das Klavier nicht mehr bei sich zu Hause hatte, lebte Siegfried Engele noch vier Jahre. Er kam zu Besuch, um darauf zu spielen. Meistens saßen wir beide danach im Wohnzimmer, er las aus Kinderbüchern mit Zeichnungen vor, und ich hörte zu. Ich konnte damals noch nicht selbst lesen. Trotzdem, nach einer Weile blätterte er nur die Seite um, und ich sagte schon den Text auf, so oft hatte ich ihn vorgelesen bekommen. Wenn er uns auf dem Klavier begleitete – wir Kinder sangen mit unsicheren Stimmen dazu oder fiepten schrecklicherweise auf der Flöte –, war Siegfried vollkommen abwesend. In das Notenblatt hineinkonzentriert. Ich erinnere mich, dass ich ihn wirklich sehr alt fand, fast reptilienhaft mit kleinen braunen Flecken auf seinem kahlen Kopf, aber auf eine gewisse Weise hat nur er uns vermittelt, dass es Dinge ohne Zweck gibt, die dennoch höchste Sorgfalt verdienen, eine Sorgfalt wie beim Fahrradputzen. Was er uns beibrachte, stammte aus seiner Welt und ging mein ganzes Leben lang nicht mehr weg. Verstehst du, ich habe einfach große Schwierigkeiten, die beiden Siegfrieds – den Kinderversteher und den Kinderverderber – zu einer Person zusammenzubringen.

Aber eines Tages fuhr ich mit einem Freund zur Basilika von W.; ich studierte da noch. Es gab ein vielversprechendes Konzert. Wir waren noch nie zusammen in einem Konzert gewesen, aber jetzt fuhren wir von R. aus über die Landstraßen. Paul erzählte von Rainald Goetz, gerade hatte er «Irre» gekauft, und wir redeten zu der Zeit oft miteinander über das, was wir lasen, manchmal ging das stundenlang, spätabends am Telefon.

In der Beziehung, die ich damals hatte, war dagegen eine innere Entfernung eingetreten, die, fand ich, auch räumlich dokumentiert werden musste. Ich zog mit meiner Matratze aus dem gemeinsamen Bett in mein Arbeitszimmer um, wo ich auf dem Boden schlief und viel mit Paul telefonierte. Ohnehin war mein Freund damals nicht oft da, und bald danach zog er aus, ohne dass wir uns aber schon trennten. Paul und ich waren uns in dieser Zeit alles andere als fremd, aber auch nicht nah. Nähe hätte eine andere Art von Intimität gemeint als unser Zeitverbringen, das zwar in gewisser Weise romantisch war, aber völlig unberührt von der Tatsache, dass wir Anfang zwanzig waren und uns ineinander hätten verlieben können. Darum ging es nicht. Er wohnte am nördlichen Stadtrand in einem hellen, zehnstöckigen Haus, wie es für die Stadt R. untypisch war, und wäre gern Musikkritiker geworden. Er verwarf das aber, als er von einem Hörfehler erfuhr, den er schon immer gehabt hatte, ohne davon zu wissen. Er konnte einen bestimmten Halbtonschritt nicht wahrnehmen. Darum schien ihm sein Plan dann undurchführbar, zu fürchterlich war die Vorstellung, in einem Konzert käme es genau an dieser Stelle zu einem fatalen Fehler des Orchesters oder Interpreten, den alle hören würden, nur er nicht. Wir sprachen also tagsüber und nachts über viele Dinge miteinander, eigentlich fortwährend. Er kannte, obwohl er nicht in R. studierte, einige meiner Kommilitonen und nahm mehr oder weniger an unserem Studium teil. Jetzt aber, während ich das von meiner Mutter ausgeborgte Auto nach W. steuerte, berichtete er nicht wie üblich von einem Buch oder von einer abstrakten Überlegung, sondern sprach etwas sehr Persönliches an. Er erzählte von den Problemen, die seine Mutter mit ihren Medikamenten hatte. Seine Mutter, sagte er, sei eine sehr musikalische Frau, von ihr hatte er das Klavierspielen gelernt. Aber sie hatte Depressionen, und es sei über Jahre nicht möglich gewesen, das richtige Medikament für sie zu finden. Eines habe sie sogar eine Weile zu einem vollkommen anderen Menschen gemacht. Sie habe das selber aber gar nicht begriffen. Ihre Familie drängte sie schließlich, es abzusetzen. Nun gebe es einen anderen Arzt – und dieser Arzt habe seine Mutter «neu eingestellt».

Mit einem Medikament, das sie nicht so stark veränderte. Die Persönlichkeit sei nichts als eine chemische Vereinbarung, so hat Paul das gesagt. Es schien mir radikal, aber schließlich wusste er, wovon er sprach. Er war mit dieser Frau aufgewachsen, mit einer Mutter, die er und sein Vater schützend behandeln mussten wie ein Kind.

Und dann, als wir auf den billigen Plätzen zwischen den weißen barocken Säulen in der Basilika von W. saßen, in der mein Großvater, der Kinderverderber, Organist gewesen war, da dachte ich an Pauls Mutter, die in R. aufgewachsen war, die das passende Alter hatte, den passenden Bildungsweg. Sie war eine von Siegfrieds Mädchen, dachte ich plötzlich. Vielleicht hat er seinen alten Finger in ihre kleine Vagina gesteckt oder legte ihre Hand auf seinen geschwollenen Schwanz, ohne dass sie wusste, wie ihr geschah. Deshalb braucht sie jetzt diese Medikamente. Ich dachte, ich könnte Paul nie mehr in die Augen schauen. Aber als Günther Wand, sehr langsam, Bruckner zu Ende dirigiert hatte, schien mir der Gedanke abwegig, und ich nannte mich eine dumme Kuh, die sich Dinge ausmalt. Trotzdem war es auf einmal so real, dass es diese Mädchen gab, die jetzt alternde Frauen waren und mit der Erinnerung an Siegfrieds Missbrauch leben mussten; vielleicht hatten sie ihr Leben lang darunter gelitten. Ich kann nicht sagen, dass ich mich schuldig fühlte. Aber es war doch wie ein Ertapptwerden.

Clara ... Wie muss es für Clara gewesen sein? Das Verschweigen hatte sie gelernt, in Gegenwart fremder Menschen aber bekam Clara lange Zeit Kreislaufprobleme. Manchmal wurde sie erkannt, jemand fragte: War dein Vater nicht Lehrer? Sie zog ja nicht weg, irgendwohin, wo sie keiner kannte. Sondern sie blieb, nur dass sie jetzt einen anderen Namen hatte, Kinder und dunkler gefärbte Haare.

Als Lotte klein war, fand sie ihre Mutter sehr elegant. Clara hatte damals eine lange, glattgeföhnte Frisur in ihrer echten Farbe, Aschblond, ihre grauen Augen und die helle Haut wirkten vornehm. Vor allem gefiel sie Lotte in dem Grobstrickkostüm, das sie mit Stiefeln von Bally und silbergefasstem Jadeschmuck trug. Wenn sie mit dem Vater ins Konzert ausging, zog sie eine gefältelte Bluse an, die hinten geschlossen wurde. Sie bewunderte ihre Mutter und glaubte, dass sie selbst nie so schön sein würde. Sie war als Kind vom vielen Herumrennen kräftig, hatte blonde Haare und ein rundes Gesicht mit roten Backen. Du siehst aus wie dein Vater, sagten ihr Mutter und Großmutter, und das war nicht nett gemeint, denn der Vater hatte, wie die Frauen spotteten, ein «Pfannkuchengesicht» mit einer Hakennase. Sie schämte sich, dass sie so aussah wie er, aber sie schämte sich auch, weil ihre Mutter derart über ihren Vater sprach, den Lotte doch bewunderte. Es war klar, dass die Mutter schon wegen ihrer Schönheit und Blässe diesem pragmatischen und verschlossenen Ehemann haushoch überlegen war.

Du kannst deine Mutter nicht leiden, sagt Frieder.

Die kann sich doch selbst nicht leiden, möchte sie antworten, aber das findet sie auch gemein. Denn später, als die Tochter älter wurde, bemerkte sie noch etwas anderes Bewunderungswürdiges an der Mutter. Sie hatte trotz aller vorgeblichen Kränklichkeit, die sie immer mehr an den Tag legte, und trotz der inzwischen weichlich und breiter gewordenen Figur zeit ihres Lebens die Fähigkeit besessen, sich ohne Rücksicht auf Verluste durchzuboxen. In dem Punkt war sie ein echtes Gassenkind. Man erkannte ohne Mühe ihr Wesen auf den Fotos wieder, die ein mageres, weißblondes Kind mit einem gaunerhaften Siegergesicht zeigen. Jemand hatte Clara das dünne Haar oben auf dem Kopf zu einer Tolle getürmt und eine Schleife darin festgemacht. Eine kleine Trümmerfrau.

Nein, Clara konnte nicht besonders gut mütterlich sein, auch wenn sie es wirklich versuchte. Sie blieb ihr Leben lang ein bedürftiges, unberechenbares Kind, das alle gegeneinander ausspielte. Erst als Lotte sie irgendwann aushorchte und die schon alte Clara ganz allmählich anfing, über Siegfried zu reden, änderte sich das. Das Reden darüber, das ihnen dann mit der Zeit immer geläufiger wurde, brachte für Lotte und Clara einen ungewohnten Frieden miteinander.

Clara hatte lange Zeit unbedingt gewollt, dass Lotte ihre eigene, nach außen hin perfekte Geschichte fortsetzte, Kinder bekam, einen vorzeigbaren Mann heiratete. Sie drängte Lotte auch, den Maler zu verlassen, den Lotte damals liebte, und später, als sie ihn wirklich verlassen wollte, es gerade wegen Claras Einmischung nicht tat. Mit der Zeit wurde es immer schlimmer. Kein Telefongespräch ohne den Hinweis auf die entzückenden Enkelkinder von Claras Bekannten. Lotte bekam den Rat, sich einen Hund anzuschaffen, «wie diese anderen Frauen ohne Kinder», und weil sie sonst gewiss sehr allein sein würde. Erst als Lotte die vierzig deutlich überschritten hatte, ließ Clara sie damit in Ruhe. Aber eines Tages erzählte ihr Bruder, dass er zufällig gehört habe, wie Clara ganz allein auf der Treppe ihres alt gewordenen Hauses stand und rief: «Wir werden alle tot sein!»

Mit dem Reden wurde es jetzt anders zwischen ihnen. Es tat beiden gut, es war beinah kitschig. Lotte wusste genau, wie kostbar diese neue Nähe war. Sie kannte Clara. Sie rechnete nicht damit, dass es lange so bleiben würde.

Das Reden fing zögernd an. Eines Tages vor ein paar Jahren beschloss ich, mit dem Aufnahmegerät zu Clara zu fahren. Mich beschäftigte etwas, worüber meine Mutter nicht gesprochen hatte. Es war heikel, wir hatten seit Jahren nicht von «der Sache» geredet. Aber mir ging der Zweifel nicht aus dem Kopf: Was hat Ruth gewusst? Hat sie wirklich nie etwas geahnt von dem, was ihr Mann tat?

«Es war ein Donnerstag, an dem ich freihatte. Ich kam über die Autobahn, fuhr in die Ebene hinunter und sah von oben auf diese graue alte Stadt, in der ich meine Teenager-Zeit verbracht hatte, nicht besonders aufregend. Nur manchmal kam die Freiheit der Wald- und Wiesenkindheit wieder, es war jetzt in diesen Sommernächten, in denen man überallhin mit dem Fahrrad fuhr, selbst in entlegene Diskotheken oder zu den Auftritten unbekannter Bands, und erst im Morgengrauen über die leeren Straßen müde wie in einem kalten Traum nach Hause kam. Irgendwann aber wollten alle weg von hier. In dieser Stadt hat sich auch all das in Claras Leben zugetragen, was ich dir hier erzähle. Ich habe das Tonband auf den Tisch gestellt, daran erinnere ich mich, wie bei einem Interview. Ich glaube, sie hat genau begriffen, was ich von ihr wollte.»

Dass Lotte aber mit der Mutter allein redet, wie sie es gehofft hat, verhindert der Vater. Er bleibt stur bei den beiden sitzen, mischt sich nicht ein, passt aber auf. Er passt auf sie auf, denkt Lotte. Und natürlich kann sie so, in Anwesenheit des Vaters, eine wichtige Frage nicht stellen. Was der Großvater wirklich mit den Mädchen gemacht hat. Die Urteilsschrift, in der es stehen würde, existiert nicht mehr, Lotte hat bei Gericht und in allen in Frage kommenden Archiven danach gesucht, sie kann das mit Sicherheit sagen. Sie will es aber unbedingt wissen. Wie sie sich das vorstellen muss. Sie will die Wahrheit hören. Unter zwei Frauen wäre es möglich gewesen, mit dem Vater am Tisch bleibt es tabu.

Clara erzählt an diesem Nachmittag anfangs mehr oder weniger das, was in der Familie zur Folklore gehört. Manchmal hat Lotte den Eindruck, dass sie dasselbe bis in die Wortwahl hinein schon früher gehört hat. Sie kennt das von ihren Interviews als Journalistin. Manche Menschen, die eine Sache schon oft erzählt oder vielleicht sogar aufgeschrieben haben, neigen zu dieser Masche. Sie wiederholen bei einer weiteren Befragung einfach Wort für Wort die früher bereits gesagten Sätze. So als hätten sie etwas auswendig gelernt. So als sei das die einzig gültige Fassung. Als sei schon das Abweichen um ein Wort gefährlich. Lotte misstraut solchen Sätzen, und sie misstraut Clara, wenn sie so spricht. Was für ein Spiel beginnt da?

«Ach so, es ist wieder der Lobpreis von W.», denkt Lotte. Clara erzählt ihre eigene Geschichte. Denn W. ist nicht nur der Ort, an dem Ruth nicht erwünscht war. Für Clara ist es vielmehr der Ort, wo sie den besseren Teil ihrer frühen Jahre verbracht hat. Im Sommer rennt sie barfuß und in einer Horde Kinder draußen herum, bis die Felder und Straßen dunkel werden. Außerdem ist es der Ort, an dem ihr Vater etwas galt, schon weil er aus dieser bekannten und gebildeten Familie stammt. Und Clara hat hier einen Halt. Sie wird, anders als ihre Mutter, wie ein Teil der Familie behandelt. Bruni spricht zwar bestimmt mehr als mit allen anderen mit dem Herrn Jesus, für den sie jeden Tag vor sechs Uhr früh aufsteht und in die Basilika zur Messe geht. Ruth, die schreckliche Ruth, würde jetzt einwerfen: Also wird sie sich vorher ja wohl kaum noch gewaschen haben, die Sau. Aber die Tante lebt dem Kind

Frömmigkeit vor und Disziplin. Das ist hilfreich, denn das Kind ist, wenn es nicht draußen auf der Gasse ist, viel allein.

Ich war ziemlich enttäuscht von dem, was meine Mutter erzählte. Es brachte mir Ruth überhaupt nicht näher, Siegfrieds Taten auch nicht, und ich schrieb die Idee, sie auszufragen, eigentlich ab. Dann habe ich das Tonband fast vergessen. Außerdem ging das Aufnahmegerät kaputt, und ich musste mir ein neues besorgen, mit dem das Band, eine inzwischen veraltete Technik, überhaupt wiedergegeben werden konnte. Aber eines Tages hatte ich alles beieinander und spielte es noch mal ab. Danach war ich verblüfft. Auf einmal hörte ich Sätze, die mir damals in meiner Enttäuschung völlig entgangen waren.

Nein, Ruth kann in Wirklichkeit nicht überrascht gewesen sein, als man Siegfried verhaftete. Vielleicht war sie überrascht über die Massivität dessen, was er getan hatte. Aber es gab Vorzeichen. Dinge, die sie wahrscheinlich nicht wahrhaben wollte. Da war diese Geschichte in W., die Ruth, sagt Clara auf dem Tonband, erst Jahrzehnte später erwähnt hat.

«Ich saß an diesem Abend am Schreibtisch und habe gemerkt, dass ich plötzlich aufgeregt war. Clara hatte selbst gar nicht bemerkt, dass sie Dinge preisgab. Irgendwie denke ich, dass sie immer noch steuern will, wie man die Geschichte ihres Vaters beurteilt. Sie ist die Einzige, die das kann, sie ist die Türhündin der Erinnerung. In diesem

Moment kam es mir so vor, als hätte sie ihren Zwang zur Kontrolle kurz vergessen.»

Eines Tages also, lange bevor irgendetwas über Siegfried aktenkundig wird, kommt Theo Schober in W. abends zu Ruth in die Wohnung. Siegfried ist nicht da. Schober kommt mit fast fliegendem Mantel aus dem «Hirschen». «Du, da gibt es Gerüchte über den Siegfried.» Die Gerüchte sind an diesem Abend, an dem weder Ruth noch Siegfried in der Runde dabei sind, beim Kartenspielen auf den Tisch gekommen. Ilse Heinz hat sie nur als Erste ausgesprochen, die anderen wussten schon davon. Genau genommen weiß inzwischen fast jeder im Ort, dass der Musiklehrer Engele manchmal allzu verzückt ist vor pädagogischer Zärtlichkeit für die Mädchen. Dass er sie, man wisse natürlich nicht, ob das wirklich stimmt, auch so gerne streichelt. Das ist doch nicht normal, oder? Einige Mädchen hätten das ihren Eltern gesagt. Der Bauer Maugg schickt seine Anna deshalb nicht mehr zum Klavierunterricht. Stellt euch mal vor. Der Siegfried.

Schober hat sie im Wirtshaus angeherrscht, dass sie nicht alles glauben sollen, und im Übrigen habe jeder Mensch seine Fehler, «ihr auch!», donnert er mit seiner kräftigen Stimme. Aber wohl war ihm nicht dabei. Er muss, ob es ihm gefällt oder nicht, Ruth davon erzählen. Er kennt Siegfried schon lange und hat jetzt auf einmal das ungute Gefühl, dass an der Sache etwas dran sein könnte. Siegfried soll nicht mehr in W. unterrichten, rät er. Und er verspricht der vollkommen verunsicherten Ruth, mit ihm zu reden.

Bald nach Schobers Besuch passiert etwas, das Clara tief verstört. Ihr Vater weckt sie mitten in der Nacht. Dann stellt sie fest, es ist schon früher Morgen, aber noch stockdunkel. Wieso sagt der Vater, sie müsse jetzt aus dem Bett und dass sie zum Bahnhof gehen? Zieht sie an, flicht ihr ungeschickt die Zöpfe? Wo ist die Mama? Das Kind schlottert. Ihr ist schlecht vom Aufstehen. Der Vater nimmt sie und Wernerchen an die Hand und geht hinaus in den eiskalten Morgen, der immer noch nicht hell wird. Auf dem Bahnsteig sitzt Ruth mit einem Koffer. Siegfried geht auf sie zu, ein Kind links, eines rechts an der Hand. Er bleibt mit etwas Abstand vor ihr stehen. Sucht Worte. Die Kinder schauen ängstlich. Dann sagt er: «Ich flehe dich an, bleib hier.»

Die Enkelin kennt diese Szene gut, sie ist ihr sogar als Kind schon erzählt worden, bis jetzt ist es in ihrem Kopf immer eine Filmszene mit ihrer Heldin Ruth gewesen. Ruth trägt darin hohe Schuhe, sie hat die Haare aufgesteckt und schaut finster. So gekleidet macht sich eine davon, die zurück nach Berlin zieht, weil sie die Provinz nicht mehr erträgt. Das hat man immer so gesagt in dieser Familie, die so viel erzählte, alles aber immer etwas anders, als es war. Alles mit einem anderen Klang oder mit Vorsatz als harmlos ausgegeben und so falsch zusammengeschraubt wie in dem Kinderbuch mit den dreckigen Teufelchen: «Die hatte die Schnauze voll und wollte ihn sitzenlassen. Die wollte auch uns sitzenlassen! So war die!», hat Clara sogar einmal empört gerufen, als bei irgendeinem Familiengeburtstag bei Kaffee und Kuchen die Rede darauf kam.

Auf dem Bahnsteig sitzt in dieser Version der Geschichte also eine vergnügungssüchtige, leichtlebige Frau, die nicht in diesem Kaff versauern will, schließlich ist sie nur einmal jung. Gleich kommt der Zug. Sie findet nicht, dass sie egoistisch handelt, wenn sie ohne die Kinder geht. Siegfrieds Familie wird sich um sie kümmern, da haben sie es doch gut. Die schwäbische Enge ist nicht ihre Welt, sagte sich die Enkelin, wie man die Worte in einem oft gesehenen Film mitspricht, wobei ihr gar nicht auffällt, dass das zerbombte Berlin wirklich kein besonders attraktives Ziel sein kann. Ist ja klar, denkt die Lotte von damals, sie vermisst das Krankenhaus, die Selbständigkeit, die Großstadt. Überhaupt ihr ganzes Leben. Sie will es zurück. Sie ist entschlossen, sich nicht aufzugeben. Und sie handelt jetzt. So wie damals, als sie sich die Flasche Whisky besorgte und mit dem Zug nach Berlin fuhr. Eben eine weitere rasante Geschichte aus dem Buch Ruth.

Ruth hat an dem Morgen den Zug nicht genommen, weder als Heldin noch als Egoistin. Warum Ruth wirklich wegwill, wovor sie geradezu panisch flieht, versteht die Enkelin erst jetzt, als Clara von Schobers Besuch erzählt. Es ist, als ob jemand ein Tuch von einem Bild wegzieht. Um Freiheitsgelüste oder Eigenständigkeit geht es gar nicht. Sie flieht, weil sie nicht glauben will, was man über ihren Ehemann sagt und was ihrem Instinkt nach wahr sein könnte. Hat Ruth Siegfried zur Rede gestellt? Hatten sie die Nacht über gestritten? Clara weiß es nicht. Sie hat ja in ihrem Zimmer geschlafen. Sie meint nur: «Wo hätte sie denn überhaupt hingehen können?»

Wärst du doch gegangen, flüstert die Enkelin verzweifelt, hättest du doch die Kinder mitgenommen. Aber da fällt ihr ein, dass auch Hilde und Ruths Eltern inzwischen in W. leben. Ihre ganze Familie, ihr wichtigster Halt, wäre genau dort geblieben, von wo sie sich voller Entsetzen davonmachen wollte.

Clara bleibt jedenfalls nach Siegfrieds Verhaftung noch lange vollkommen von dem überzeugt, was Ruth ihr gesagt hat. Ja, die anderen Mädchen haben sich alles nur ausgedacht, er hätte das niemals getan, was man ihm vorwirft. In ihrer Welt ist es vollkommen undenkbar, dass ihr klavierspielender Vater das getan haben könnte.

«Ich hätte ihn bis aufs Blut verteidigt!», ruft sie auf dem Tonband. Inzwischen ist sie im Gesicht selbst kompliziert gefältelt wie ein sorgsam kühl gelagertes Äpfelchen vom vorigen Jahr, so wie bei allen Frauen aus der Engele-Familie. Sie ist über siebzig und trägt eine modische Frisur. Sie hat sich, wie man sagt, gut gehalten. Ihr Ehemann aber ist vom vielversprechenden Tennispartner längst zu ihrem Beschützer geworden.

«Ich hätte nie geglaubt, dass er das getan hat», wiederholt Clara noch einmal, «aber eines Tages, als er schon im Gefängnis saß, war ich allein in der Wohnung und ging an den Schrank im Arbeitszimmer. Da hatte die Mutter das Gerichtsurteil versteckt. An dem Tag habe ich es gelesen. Und was» – jetzt wird ihre Stimme erbärmlich hilflos –, «was hätte ich denn noch glauben sollen, wenn da steht: Er hat die Tür zum Klassenzimmer zugesperrt, das Mädchen auf seinen Schoß genommen. Und dann heißt es immer: Der geständige Täter! Dann war es ja doch so! Dann hat er das alles ja zugegeben! Was konnte ich da noch glauben?» Vor allem habe sie einfach nicht glauben wollen, dass ihr Vater, «der feinsinnige, tolle Mann», wirklich schuld ist an der Lage, in der sie jetzt sind, an der Schande, an dem Geldzählen, an diesem Sturz ins Schreckliche. «Dass ich so einen verdorbenen Vater habe, dass er uns das alles angetan hat», sagt Clara.

«Ich weiß noch, ich habe das damals gelesen, und mir war nur noch schlecht. Einfach nur noch schlecht», sagt Clara und würgt fast an den Worten.

Dann spricht sie laut und deutlich und voller Hass in das Tonband: «Als er starb, dachte ich nur noch, Gott sei Dank ist er verreckt.»

Sie schweigt. Sie ist erschöpft. Das Tonband soll jetzt ausgestellt werden, sagt sie. Aber da fällt Clara noch eine andere Erinnerung ein. Es muss gewesen sein, kurz nachdem Schober von den Gerüchten erzählt hat. Etwas in der Küche fehlt, und Clara geht abends schnell vor Ladenschluss mit ihrer Mutter einkaufen. Es ist Winter, es schneit. Auf dem Weg begegnen sie Berta. Da flüchtet die immer so starke Ruth vor der Bäckerei wie ein Kind in den Arm ihrer alten Mutter und weint bitterlich. Clara, die als Kind ahnungslos und verwundert dabeistand, versteht ihre Mutter inzwischen und schluchzt jetzt am Tisch genauso, als sie davon erzählt. Sie kämpft dagegen an, kann es aber nicht verhindern, es kommt das krampfige Atmen, es kommen die Tränen. Und der Enkelin am Schreibtisch mit ihrem Tonband steigt vor Mitleid sowieso das Wasser in die Augen. Für einen Moment braust alles über sie hinweg, die Zeit existiert nicht mehr. Nur vier Frauen, die sich in den Armen liegen und zusammen untröstlich sind.

Hast du genug, mein Lieber? Ist es zu schwer? Zu krass? Ach, küss mich bald wieder, mein Tiger mit den blauen Wanderschuhen. Du mit deinem Wikipedia-Eintrag, deiner guten Familie und ich mit meinen Teufeln. Es ist nur eine Geschichte, nichts weiter, weißt du? Nur ein Song aus dem vorigen Jahrhundert.

Ein paar Tage lang hält sich die Enkelin fern von ihrer Erzählung, sie wäscht Vorhänge, ordnet Dateien auf dem Computer, sortiert den Kleiderschrank um. Das ist gar nicht meine Geschichte, sagt sie sich und pfeift auf der Brücke vor sich hin, geht zum Friseur. Das Teufelchen schleicht ihr die ganze Zeit hinterher. Am fünften Tag überholt es Lotte plötzlich fix auf dem Gehsteig, pflanzt sich mit seinen paar Zentimetern lächerlich vor ihr auf. Es ist ungehalten: «Du sagst jetzt, das alles geht dich nichts an, aber du bist eine von uns. Davon kommst du nicht weg. Wir Frauen haben überlebt, mein Kind, merk dir das, weil wir stark waren. Wir haben die Schlacht geschlagen und gewonnen. Aber er, mein schändlicher Ehemann, ist tot und vergessen.»

Aha, denkt Lotte düster. Und? War es das, was du gewollt hast?

Bald nach Claras Hochzeit informierte Ruth ihre Tochter sachlich: Der Idiot vernichtet alle Akten und Fotoalben.

Ich hatte mich immer gefragt, warum es so wenige Bilder gibt, weißt du. Jetzt erfuhr ich von Clara den Grund. Es war ihm wirklich gelungen, sein eigenes Leben weitgehend aus dem Gedächtnis seiner Familie zu löschen.

Nicht einmal, dass er womöglich anderswo Spuren hinterlassen hatte, konnte ich mir vorstellen. Aber als ich eines Tages die Basilika von W. besuchte, bemerkte ich eine Gruppe, die eine Führung auf die berühmte Orgel erwartete. Ich fragte den Mann mit dem Schlüssel, ob ich zuhören dürfe. Er brummte etwas, das nicht nein hieß, also schickte ich mich, die kleine Treppe hochzukommen zu den anderen, die schon dort saßen. Der Mann mit dem Schlüssel, etwa fünfzig Jahre alt, stellte sich als Organist vor, erläuterte den Besuchern die feinen Register, den hohen Zinngehalt der

Pfeifen und spielte einige Stücke vor, bei denen der Klang des Instruments sich vollständig erschloss. Am Ende, als er die Empore wieder absperrte, überwand ich mich und sagte: Mein Großvater hat auch auf dieser Orgel gespielt. Der Mann schaute immer noch mürrisch, aber interessierter. Wie der Großvater denn heiße. Als ich den Namen nannte, wusste er sofort, von wem die Rede war – er hatte eine wissenschaftliche Arbeit über die Orgel verfasst, und alle damit verbundenen Personen waren ihm geläufig. Ihm war aber offensichtlich nichts von der ganzen katastrophalen Geschichte bekannt, was mich sehr erleichterte, sondern er sagte noch andere Namen her, die von Siegfrieds Schülern, seinen Eltern, und später fand ich in einem Heimatbuch hinten in der Kirche auch ein Foto, auf dem Siegfried etwa fünfzig Jahre alt ist und heiter aussieht.

Das also war der Mann mit dem beigen Hut, der mich im Kinderwagen herumfuhr und mir dabei sinnloserweise alles erzählte, was er über die Welt wusste. Denn ich erinnere mich natürlich nicht daran.

Als ich mit der Zeit mehr über ihn herausbrachte, kam er mir vor wie eine gänzlich unbekannte Person. Was ich über sein Leben erfuhr, schien mir verworren.

Da war diese immer leicht entrückte Gestalt mit ihrem verschmitzten Gesicht und dem ungeheuren Wissen, über die ein Vorgesetzter im Jahr 1944, nachdem Engele fast zwei Weltkriege lang gedient hatte, in eine Akte schrieb, dieser Engele müsse «dringend militärischer werden». Engele neige zu eigenmächtigem Handeln. Ich mochte es, dass er für die Befehlshierarchie so offenkundig unbrauchbar war. Ausweislich seiner Entnazifizierungsakte weigerte er sich in den letzten Kriegstagen, die Hitlerjugend aus den Beständen seines schwäbischen Heeresnebenzeugamtes zu bewaffnen. Vielleicht passierte es gerade, weil er mir so unbekannt vorkam, aber nachdem ich ihn wiederentdeckt hatte, begann ich, ihn zu mögen. Der Missbrauch aber passte nicht in mein Wunschbild von ihm hinein.

Weißt du, mein Lieber, ich hätte ihn einfach gern behalten, mit seiner unerschütterlichen Phantasie, mit seinem Glauben an einen idyllischen Ort und an Erlösung in der Kunst. Ich hätte mich mit meinen eigenen Phantastereien vielleicht sogar auf ihn berufen können, mehr als auf sonst einen meiner Vorfahren, heimlich und nur für mich meinetwegen. Aber jedes Mal, wenn ich bei Clara war und ihr scheues Gesichtchen vor mir sehe, denke ich, nein, es geht doch nicht.

Als mir Clara viele Jahre später von seiner Zerstörungsaktion mit den Fotos erzählte, dachte ich natürlich das Naheliegende. Nach diesen Jahren, in denen ihm von Ruth jedes Lebensrecht abgesprochen wurde, war es ganz klar. Es musste ein Akt der Selbstauslöschung sein.

Aber so war es nicht. Wenn es stimmt, was Clara erzählte, dann hatte Siegfried einen absolut durchdachten Plan. Er wollte nicht, sagt Clara, dass seine Sachen denen in die Hände fielen, die alles verachteten, was er gewesen war.

Er wollte nicht, dass Ruth Bilder aus seinem Leben vorzeigte und über ihn spottete, wenn er tot war. Seine Innenwelt hatte allem standgehalten, Kriegen, Ehedramen, der Schuld und dem Gefängnis, am Ende sogar der grenzenlosen Verachtung, der er ausgesetzt war. Wenn er tot war, wären die Reliquien dieser Innenwelt seinen Feinden ausgeliefert.

Er vernichtete Fotos, die Clara als Kind noch gesehen hatte. Er selbst als frisch verheirateter Musiklehrer mit seinem ersten Chor; seine junge Mutter mit der Geige verschwand; das Bergdorf P., in dem er geboren worden war; seine jüngste Schwester mit den rotwelligen Haaren, mit der er oft musizierte und die dann im Kindbett starb, tagelang wollte er schreien vor Entsetzen danach; die Aufnahme, wie er 1915 als Soldat dem Komponisten Hans Pfitzner in Straßburg die Aufwartung macht; Fotos von jungen Frauen, die er geliebt oder einfach nur gern gemocht hatte und die Ruth nicht kannte; das Gerichtsurteil gegen ihn, sämtliche Notenblätter mit seinen eigenen Kompositionen, die Korrespondenzen mit seinen Schülern und seinen Lehrern.

Die Vorstellung, das alles ihr zu überlassen, ertrug er nicht. Er schützte seine Welt, indem er diese Dinge zerstörte, das Wissen davon war in ihm eingeschlossen, es gehörte nur noch ihm allein. Es würde bald mit ihm verschwinden aus der Welt, für immer behütet. Der Gedanke beruhigte ihn, wenn er erschöpft und mit Herzrasen aus der Telefonzelle trat, aus der er wieder einmal einen Hilferuf an Clara abgesetzt hatte, weil es schon wieder ganz schlimm wurde mit Ruth. Ich halte es nicht mehr aus, ich muss hier weg.

Der Tod als Flucht ließ auf sich warten. Siegfried saß seine Zeit ab.

Was von ihm blieb: ein Lineal mit Messingknopf. Das Klavier und die Musikalien in Claras Haus. Der Taktstock, der später irgendwann auch verloren ging. Ein Halstuch mit Paisleymuster, das ich als Teenager mochte, aber dann nicht mehr, als ich alles über Siegfried erfahren hatte. Das war's.

Keiner hatte etwas dagegen. Es machte sogar vieles leichter und schien schlüssig, dass er alles vernichtet hatte, bevor er starb. Schließlich hatte er auch sonst ein gründliches Vernichtungswerk geleistet.

So hat unsere Familie ihre Erinnerung verloren.

Und doch. Etwas blieb spürbar. Eine Schwingung, kaum wahrnehmbar an der Oberfläche.

Es gibt in Lottes Erinnerung vage Bilder von einem alten, schönen Treppenhaus. Sie ist noch klein und schaut im zweiten Stock die gravierten Milchglasscheiben in den dunkelbraun glänzenden Eingangstüren an. Ruth hat sie mitgenommen, führt sie an der Hand, aber das Kind vergisst die Großmutter vor lauter Schauen, denn so etwas hat es noch nie gesehen. Die Türen lassen die Helligkeit aus den Wohnungen durch, ohne dass man nach drinnen sehen könnte. Es ist ein Winterabend, und durch das Milchglas fällt Lampenlicht, das altmodisch und feierlich aussieht. Das Kind ist hier fremd und doch angezogen von dem feinen Haus. Warum es in die Wohnung nicht eintritt, weiß es nicht mehr und auch nicht mehr, was gesprochen wurde.

Die Großmutter ging hinein, aber blieb nicht lange, glaube ich. Sie hatte ihren guten Mantel an und schien hier nicht fremd. Nichts in diesem Haus glich dem Leben, das die Enkelin sonst kannte. Aber ihre Großmutter, die doch offensichtlich nur zu Besuch war, schien hierherzugehören. Die Begebenheit wurde mit der Zeit zu einem stillen und immer feiner polierten Rätselbild.

Sonntagnachmittage – wie es nie mehr sein wird.

Was haben Ruth und Siegfried mit ihrer Erinnerung an das Glück gemacht? Weekend im November in der großen Wohnung mit dem Milchglas in den Türen. Die hohen, warm geheizten Räume bekommen am Nachmittag von den blattlosen Bäumen vor dem Fenster etwas Helles, Leises. Er sitzt am Klavier, sie löst Kreuzworträtsel und raucht. Gegen halb drei stellt sie einen Sandkuchen auf den Esstisch, von dem sich alle nehmen, wann sie wollen. Man hört das Geklapper, als sie die Teller auf dem Tisch absetzt, die Türen in der Wohnung stehen offen. Das Kuchenessen ist ein Ritual, aber eines ohne Zwang. So machen sie es immer, seit sie hier wohnen, Mann, Frau und Kinder, eine Ordnung im Leben, die sie auf einmal ganz leicht gefunden haben, es hat sie beide überrascht. Die Kinder schnappen sich blitzschnell jedes ein großes Stück und ziehen mit dem Teller ab zum Weiterspielen. Siegfried lehnt es aus Prinzip ab, im Arbeitszimmer zu essen, kommt später durch die Flügeltür herüber und geht dann im Hausmantel mit dem Teller im Esszimmer herum, gemessenen Schrittes, immer um den Tisch, in Gedanken bei der Partitur, mit der er sich gerade befasst. Er nimmt sich vor, heute noch an Grabner zu schreiben. Die Sonne scheint jetzt fahl durch die Bäume, man kann ihr beim Sinken zusehen. Bald werden sie, beschäftigt, wie jeder mit sich ist, die Lichter in den Zimmern andrehen. Ruth schaut aus dem Fenster. Die Klaviertöne sind ein freundliches, gedämpftes Geräusch. Sie vertraut diesem Moment vollkommen. Sie könnte nicht sagen, was sie gerade denkt.

Als er stirbt, wehrt er sich nicht. Als ob es eine Erlösung wäre. Sie sind in Ferien auf Sylt, Mutter, Großmutter, die Kinder und er. Es sind Tage ohne Ereignisse und mit blendender Helle auf dem Sand. Er spielt am Meer mit Lotte und ihren Brüdern, oder er macht das, was er als steinalter Mann eben noch kann. Er muntert sie auf und fragt nach dem, was die Kinder da aus Sand, Muscheln und ihrer Phantasie zusammentürmen. Es ist heiß, und Lotte hat kein verlässliches Bild mehr davon, was er trägt. In ihrer Erinnerung ist es immer dasselbe. Ein hellgraues Jackett, ein helles, lockeres Hemd und eine leichte Hose, dazu hat er einen halbwegs eleganten Sonnenhut aus Leinen auf seinem fleckigen Schädel. Sie sind dicht am Wasser, während die beiden Frauen, Mutter und Großmutter, weiter hinten im Strandkorb sitzen. Der kleine Bruder hockt über einer Sandburg, die Augenbrauen vor Anstrengung gerunzelt, das ganze kleine Gesicht mit den dicken Backen konzentriert auf die Form, die er mit der Patschhand festklopft. Das Baby trägt noch Windeln und staunt die Wellen an. Was dann passiert, ist nicht schrecklich. Siegfried öffnet den Mund ein wenig, als wollte er etwas sagen, aber es kommt kein Wort mehr, nur unklare Laute. In seinem Gesicht Ungläubigkeit. Das Meer ist unverändert, aber der Großvater steht stocksteif und kann nichts mehr, so als ob sein Inneres nicht mehr nach außen käme. Es dauert nur einen Moment, bis die Kinder merken, dass sie die Frauen holen müssen. Ruth läuft, sie läuft wirklich auf ihn zu. Sie konnte tatsächlich noch richtig rennen, denkt Lotte. Ruth schaut ihn an. Sie ist jetzt Krankenschwester, sie versteht auf der Stelle, was passiert ist. Sie sagt, wir müssen einen Krankenwagen rufen, jetzt sofort, und wir müssen ihn über den Deich führen, solange er noch laufen kann. Das weiß Lotte noch Jahre später. Dieser Pragmatismus, das nüchterne Wissen um den Verlauf dessen, was kommen wird. Ruth nimmt Siegfried, der nicht sprechen kann, am Ellenbogen und führt ihn vorsichtig zu der Stelle am Deich, wo Stufen sind. Sie gehen zusammen, einen Schritt nach dem anderen erst hoch, dann auf der anderen Seite Schritt für Schritt wieder hinunter. Sie hilft ihm. Ein letztes Mal.

Hinter dem Deich warten sie auf den Krankenwagen. Lotte sieht ihren Großvater noch einmal, als er in seiner altmodischen Kleidung im Wageninneren neben dem Notarzt sitzt, er schaut freundlich, dann werden die Türen zugemacht und er ist weg. In der Nacht stirbt Siegfried im Krankenhaus.

Sie fahren, wie sie gekommen sind, mit dem Nachtzug wieder nach Hause. In der Vorstellung der Kinder liegt der tote Großvater in seinem Sarg im Gepäckraum des Zuges. Sie nehmen ihn mit, wie sollte er sonst heimkommen? Als sie endlich in R. aussteigen, ist Hilde auf dem Bahnsteig da. Ruth zieht sie am Arm beiseite und verbirgt lange mit einer Hand ihre Augen vor den Kindern, ihr Mund zuckt. Es ist vorbei.

Was dann noch geschah: Das ist schnell berichtet. Auch wenn Lotte es ihrem Geliebten nicht mehr telefonisch sagt, sondern erst später, weil sie jetzt mit Reisevorbereitungen zu ihm beschäftigt ist. Sie wird ihm den Rest der Geschichte erzählen, wenn sie sich wiedersehen. Wir erfahren es aber jetzt gleich, während Lotte noch überlegt, was soll ich mitnehmen, was ziehe ich an, und vom Fenster aus in einen Abend schaut, an dem es lange hell, aber nicht angenehm ist, das nutzlose Licht eines kalten Frühsommers.

Ein Jahr nach Siegfried starb auch Theo Schober. Wenige Monate später machte Ruth noch einmal eine Eroberung, die ganz nach ihrem Geschmack war. Herr Flora ging stets mit Spazierstock und dunklem Mantel durch die Stadt, er hatte lockige Haare, die er nicht zu kurz trug. Er war während des Krieges in Hongkong gewesen und auch sonst in der Welt herumgekommen. Später hatte ihn sein Beruf, er war Ingenieur in einer großen Baufirma, nach R. gebracht, wo er für seine letzten Berufsjahre eine sehr gut bezahlte Stelle hatte. Ruth war jetzt fast sechzig, aber immer noch eindrucksvoll.

Bei besonderen Gelegenheiten trug sie den Ring mit dem Aquamarin, den Siegfried ihr geschenkt hatte. Herr Flora kaufte ihr einige schöne Kleider und führte sie zum Torteessen auf den Rathausplatz. Wenn sie dort saßen, konnte man denken, sie seien Geschwister. Beide hatten sie blaue Augen und etwas Herausforderndes an sich.

Aber etwas passte nicht mehr. Es war Ruth, sie gehörte nicht mehr in diese Kleider. Alles Feine an ihr war verschlissen. In den letzten Jahren ihrer Ehe hatte sich eine Grobheit ausgeprägt, die man direkt primitiv nennen konnte. Herr Flora hätte sie trotzdem gerne geheiratet.

Aber Ruth zögerte, sich noch einmal mit jemandem zusammenzutun. Für das Risiko, das sie dafür hätte eingehen müssen, war er ihr nicht reich genug. So verschwand Herr Flora aus ihrem Leben.

Eine Idee aber ging ihr nicht aus dem Kopf. Ruth überlegt, ob sie das als sentimentalen Quatsch abtun soll, ob sie jetzt anfängt zu spinnen. Aber sie stellt fest, sie will es wirklich. Also fährt sie im Alter von vierundsechzig Jahren mit einem Bus von Rotel Tours los Richtung Osten, um Beuthen noch einmal zu sehen. Bei dieser Art Reisen schläft man nachts im Bus, und zwar in einem gesonderten Teil mit Kabinen, die übereinandergestapelt sind wie in einem Schlafwagen. Eine Weile kommen kaum Nachrichten von ihr im Haus der Tochter an, gelegentlich ein Anruf aus der Telefonzelle, das Handy ist noch nicht erfunden. Dann ist sie eines Tages aufgekratzt aus Polen zurück. Die Familie erfährt nicht nur, dass sie ehemalige Nachbarn oder zumindest deren Kinder angetroffen hat, sondern zu Lottes Überraschung auch, dass Ruth mit manchen Bekannten von früher offenbar die ganzen Jahre über in Briefkontakt geblieben ist.

Der kleine Paulek, dachte Lotte sofort. Aber vom kleinen Paulek war nicht mehr die Rede. Ruth saß quietschfidel auf unserer Eckbank, hatte die bestrumpften Füße auf den Tisch gelegt, was der Vater hasste, doch der war nicht da, und erzählte Geschichten von Leuten, die ihr sichtlich vertraut waren, aber mit deren Namen selbst Clara kaum etwas verbinden konnte. Es machte den eigenartigen Eindruck, als ob sie Beuthen in den vierzig vergangenen Jahren nie aus den Augen verloren hatte. Und dann kam noch einer dieser Ruth-Sätze, um alle ein bisschen zu schocken: Du schläfst in diesen Kabinen wie im Sarg, raunzte sie und lachte dreckig, so als ob sogar in ihrem Sarg noch mächtig was los wäre.

Sie war so furchtlos. Und doch war es so, dass sie aus dem Nichts kam und ins Nichts zurückging, ohne dass es jemanden kümmerte. Genau wie bei Siegfried verschwand schnell alles, was sie gewesen war.

Die Geschichte für Frieder ist praktisch zu Ende erzählt. Lotte weiß das. Etwas verblasst ganz sanft, das sie lange beschäftigt hat. Einmal noch besucht sie vorher Clara, sie bringt ihr Siegfrieds Lebenslauf aus der Musikhochschule in Berlin mit, den Clara nicht kennt. Lotte hat das Gefühl, dass sie ihr damit vielleicht eine Freude macht. Als Kind konnte ich das nie, denkt sie. Clara hat mir sogar damals eine mit bunter Wolle selbstbestickte Tasche für Handarbeitsutensilien zurückgegeben. Es war ein Geschenk. Wir hatten sie mehrere Wochen lang in der Schule zu Muttertag genäht und bestickt, nach ein paar Tagen lag sie wieder bei mir im Zimmer, Clara begründete das damit, dass sie so etwas nicht gut brauchen könne.

Zum Glück fragt sie nicht, wieso ich den Lebenslauf gerade jetzt anschleppe, denkt Lotte. Wenn Clara wüsste, dass ihre Tochter einem Freund, den ihre Mutter noch nicht einmal kennt, das Familiengeheimnis erzählt, würde sie sofort abweisend werden. Aber Clara ist es völlig egal, woher die Blätter kommen. Sie ist auf einmal sehr neugierig. Sie setzt sich an den großen Esstisch und begutachtet die Papiere erst oberflächlich, legt eines nach dem anderen zur Seite, als wolle sie die Bögen zählen und einen Überblick gewinnen. Sie nimmt sich Zeit, denkt Lotte und staunt. Normalerweise würde Clara immer noch etwas in der Küche finden, das erst gemacht werden muss, und die Küche ist heute noch nicht einmal aufgeräumt. Im Wohnzimmer schaut der Vater «Men in Black», was Lotte amüsiert. Die kleinen Vergnügungen ihrer alt gewordenen Eltern haben sie schon oft überrascht. Nachdem Clara mit dem Durchsehen fertig ist, fängt sie langsam an zu lesen. Das Sütterlin ist auch ihr nicht mehr richtig geläufig.

Als Clara auf dem Papier entlangfährt und die Wörter entziffert, bemerkt Lotte, wie krumm die Gicht ihre Finger gemacht hat. Warum hat sie das nie bemerkt? Hat Clara ihre Hände unauffällig versteckt in den letzten Jahren?

Der Lebenslauf, den Clara jetzt sieht, hatte Lotte beim ersten Lesen überrascht, es schien ihr, als könnte sie Siegfried auf einmal vollständig sehen. Aber was Clara jetzt dabei empfand, musste etwas anderes sein. «Ich spürte, wie distanziert sie blieb, vorsichtig fast, als ob sie sich nicht zu viel davon erhoffen und vor allem auch kein Aufhebens davon machen wollte. Trotzdem las sie die Sätze so konzentriert, als ob sie sie nur ein einziges Mal sehen könnte und sich merken wollte.»

An dem ersten Bogen hängt ein Foto von Siegfried in Uniform. Darauf zeigt Clara mit dem Finger, als sie mit dem Lesen fertig ist, und sagt: «Da hat er einen so kalten Blick, so stelle ich mir einen KZ-Aufseher vor.»

Sie wird ihn nie mehr lieben können, denkt Lotte; ich kann das verstehen. Aber er war doch ihr wunderbarer Vater gewesen. Und dann durfte er es nicht mehr sein.

Clara bringt Lotte zum Zug. Am Bahnhof sitzen sie noch eine Weile im Auto, sie sind zu früh dran, Clara stellt, obwohl es schon Juni ist, die Heizung an, damit es gemütlicher ist.

Sie hatte unsere ganze Kindheit über immer ihre kleinen grünen oder silbernen Autos gehabt, denkt Lotte. Der Zweitwagen in der Garage. Sie war auf eine unangenehme Art daran gewöhnt, als Claras Anhängsel herumzufahren, erst auf dem Rücksitz, dann vorne, meistens zum Einkaufen, zum Arzt, später zu ihrem eigenen Klavierunterricht. Sie mochte dieses Mitfahren und Gefahrenwerden nie.

Aber in dem warmen Auto jetzt spürt sie die Verbundenheit zwischen ihr und ihrer Mutter, nicht wie etwas Neues, sondern so, als wäre sie immer da gewesen und nur durch das Schweigen über Siegfried und alles verkorkst worden.

«Ich hatte zum ersten Mal den Eindruck, dass sie sich nicht mehr hinter dem ganzen Hausfrauengehabe versteckte. Ihre scheinbare Hilflosigkeit, ihr Taktieren, ihre Falschheit waren fort. Sie war unaufgeregt und viel eigenständiger, als sie sonst vorgab zu sein. Sie muss unendlich viel mit sich selbst ausgemacht haben, dachte ich», wird Lotte Frieder später berichten, aber über das, was noch an diesem Tag geschieht, wird sie eine Weile lieber schweigen.

Sie ist in Versuchung, Clara von Frieder zu erzählen, aber sie lässt es. Es macht nichts. Sie sind sich auf leichte Art nahe, Tochter und Enkelin des Teufelchens. Sie wissen es beide.

Dann geht Lotte auf den Bahnsteig hoch, zu müden Menschen mit Rucksäcken und Arbeitstaschen. Der Zug nähert sich in der Dunkelheit aus dem Nebel. Sie steigt in ein warmes, helles Abteil, das fast leer ist. Bei einer Nachtfahrt ist Schubert ein guter Begleiter, Trio in B-Dur. Was hätte Siegfried zu einem Ding wie dem abgeschabten iPod in ihrer Tasche gesagt? Ein kleines Gerät, das dich wegholt aus der Wirklichkeit der anderen in deine eigene? Stell dir so was mal vor. Sie sieht ihn durch Berlin gehen, umrauscht von Musik aus dem iPod, umschwirrt von seinen hellen und dunklen Wesen, lächelnd.

Ihren Gedanken kommt etwas in die Quere. Es ist wie Alarm zwischen ihren Beinen.

Sie rennt auf die Zugtoilette, schaut in ihre Unterhose, sieht das Bluten und etwas Klumpiges. Ihr wird übel, ihr ist vor Traurigkeit nach Heulen und Nie-wieder-Aufhören, und zugleich merkt sie, wie wahnsinnig erleichtert sie ist. Sie macht die Sauerei mit viel Papier weg und spült das ganze Zeug ins Klo. Als es verschwindet, schaut sie nicht hin. «Leb wohl, Engelchen», murmelt Lotte ganz leise.

Das Ende war so: Die Enkelin kommt eines Tages von der Abiturfahrt aus Rom zurück und findet die Großmutter heiser, fast ohne Stimme, und auf eine angespannte Art abwesend. Sie sagt es ihr eines Nachmittags hinter dem Haus, wo die Eisentür offen steht, die zur Garage durchführt, an der Tür, an der sich der Gerhard von nebenan, als sie klein waren, einmal ein Loch in den Kopf geschlagen hat und ins Krankenhaus musste und sie sich fragte, was das ist, ein Loch im Kopf. Das gemähte Gras ist nahe der Eisentür auf einen großen Haufen geworfen, der oben trocken ist, darunter schlammig riecht und, das weiß sie, seit sie einmal darin gestochert hat, innen ganz warm ist. Dahinten stehen sie, es ist Frühsommer, und Ruth sagt schonungslos: Ich werde meinen sechsundsechzigsten Geburtstag nicht erleben, so ist das. Und, als wäre das eine Begründung oder ein Trost: «Alles hat ein Ende.»

Auf der Klassenfahrt hat sie Ohrringe gekauft und Sandalen mit einem türkisen Stein. Die Ohrringe sind mit hellroten Korallensplittern besetzt und pflaumengroß. Die rote Farbe hat sich über die Jahre nicht verändert, sie ist immer noch da. Ruth ist nicht mehr da, schon so lange nicht mehr. Die Ohrringe sind schwer und die Bügel aus dünnem Messing. Man kann sie einen Tag lang tragen, nicht länger, sonst entzünden sich durch das Gewicht die Ohrlöcher. Jetzt liegen sie auf dem Nachttisch neben den unordentlich auf den Boden hingeworfenen Kleidern im Hotel. Ein anderer Berliner Hinterhof, im offenen Fenster die Juninacht. Eine Stille, als sei gar keine Stadt da. Die Ohrringe liegen korallenrot zwischen den Bügeln von Frieders Brille.

Als es Morgen geworden ist, merkt Lotte, während sie sich aus dem letzten Traum herausarbeitet, dass Frieder mit offenen Augen auf dem Rücken daliegt. Er schaut zu ihr herüber, zärtlich und ganz verschlossen. «Ich werde in einem Monat für zwei Jahre nach Brasilien gehen, in die Stadt Belo Horizonte, das Büro schickt mich dahin. Ich wollte es dir schon die ganze Zeit sagen, aber ich wusste nicht, wie.» Sie hört eine Straßenbahn und Kinder, die sich etwas zurufen. Sie kann nicht anders, sie hält alles noch eine Sekunde lang fest, jede Erinnerung, jeden Moment. Dann denkt sie sich fort, sie meint, dass sie in mütterliche Arme fliegt, von denen sie nicht weiß, wem sie gehören.

Sie setzt sich im Bett auf, gibt ihm die Brille und holt sich die Ohrringe. Sie schaut auf die Korallen in ihren Händen. «Ist das also das Ende?»

«Nein», sagt Frieder. «Komm bitte mit.»

Ruth starb im Mai. An einem Tag, als die Bäume schon blühten und die Vögel frühmorgens zu singen begannen. Sie hatte mit einem sehr jungen Priester gesprochen und war ganz friedlich, zum ersten Mal sah sie glücklich aus. Vielleicht war sie auch nur froh, dass es endlich vorbei war, das Leben.

Dank

Die Suche nach «Engele» war oft ganz überraschend. Dietmar Schenk und Antje Kalcher vom Archiv der Universität der Künste Berlin sind dabei eine liebenswürdige Hilfe gewesen. Einiges Wissen über die Zeit verdanke ich der Lektüre von Dietmar Schenks Buch *Die Hochschule für Musik zu Berlin, Preußens Konservatorium zwischen romantischem Klassizismus und Neuer Musik 1869–1932/33*, Stuttgart 2004; genauso wie Michael Katers Werk *Die mißbrauchte Muse, Musiker im Dritten Reich*, München 1998, und Philipp Pelsters Dissertation *Hermann Grabner, Pädagoge, Musiktheoretiker und Komponist*, Köln 2015.

Ich danke Gunnar Schmidt dafür, dass er mein Buch las und es mochte. Ich danke Willi Winkler, meinem Ermutiger und ersten Leser. Wolfgang Prochaska nahm kollaterale Unordnung wegen «Engele» mit Freundlichkeit und Großmut hin. Und die Bibliothek des Deutschen Museums ist ein wunderbarer Ort zum Denken und Schreiben.

MIX
Papier aus verantwortungsvollen Quellen
FSC® C083411
www.fsc.org

Das für dieses Buch verwendete Papier ist FSC®-zertifiziert.